Maigret y el caso del ministro

Georges Simenon, nacido en 1903 en Lieja (Bélgica), dio sus primeros pasos como reportero y como autor de novelas populares escritas bajo seudónimo. En 1931 publicó, por primera vez con su propio nombre, *Pietr, el Letón,* que presentaba al imperturbable comisario de policía parisino Jules Maigret, personaje que retomó en novelas y relatos a lo largo de las cuatro décadas siguientes, mientras su obra más amplia le granjeaba la reputación de ser uno de los escritores esenciales del siglo xx. Viajero intrépido, con un profundo interés en la gente, Simenon se esforzó, en la literatura y en la realidad, por comprender —y no por juzgar— la condición humana en todos sus matices. Sus libros figuran entre los más leídos del canon mundial.

GEORGES SIMENON

Maigret y el caso del ministro

Traducción de
Aurora Tejedor

DEBOLS!LLO

Papel certificado por el Forest Stewardship Council®

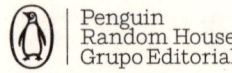

Maigret y el caso del ministro

1

La desaparición del informe Calame

Como siempre al volver a casa por la noche, en el mismo lugar de la acera, pasada la farola, Maigret levantó la cabeza hacia las ventanas iluminadas de su apartamento. Ya ni siquiera se daba cuenta. Y si le hubieran preguntado en ese momento si las luces estaban encendidas, habría dudado en responder. Así también, por una especie de manía, entre el segundo y el tercer piso comenzaba a desabrocharse el abrigo para sacar la llave del bolsillo del pantalón, aun cuando la puerta se abría invariablemente al poner el pie en el felpudo.

Eran hábitos que se habían consolidado con los años y que para él eran mucho más importantes de lo que habría querido admitir. Por ejemplo, su mujer hacía un gesto particular para cogerle de las manos el paraguas mojado al tiempo que inclinaba la cabeza para besarlo en la mejilla. Aunque eso no ocurrió esa noche, porque no llovía.

Él pronunció su ya tradicional:

—¿Alguna llamada?

Su esposa respondió mientras cerraba la puerta:

—Sí. Y me temo que no vale la pena que te quites el abrigo.

El día había sido grisáceo, ni frío ni caluroso, con un chaparrón hacia las dos de la tarde. En el Quai des Orfèvres, Maigret no había hecho más que resolver asuntos sin importancia.

—¿Has cenado bien?

En el apartamento, la luz era más cálida, más íntima que en el despacho. Vio los periódicos preparados junto al sillón y sus zapatillas.

—He cenado con el jefe, con Lucas y con Janvier en la cervecería Dauphine.

Después, los cuatro habían ido a la asamblea de la mutua de la policía. Desde hacía tres años, Maigret era elegido vicepresidente en contra de su voluntad.

—Tienes tiempo de tomarte una taza de café. Al menos quítate el abrigo. He dicho que no volverías antes de las once.

Eran las diez y media. La sesión no había sido larga. Algunos, incluso, habían tenido tiempo de tomarse una cerveza en un bar, y Maigret había vuelto en metro.

—¿Quién ha llamado?

—Un ministro.

De pie, en el centro de la sala de estar, la miró frunciendo el ceño.

—¿Qué ministro?

—El de Obras Públicas. Un tal Point, si he entendido bien el nombre.

—Auguste Point, sí. ¿Ha llamado aquí? ¿Él mismo?

—Sí.

—¿No le dijiste que llamase al Quai des Orfèvres?

—Era contigo con quien quería hablar. Necesita verte con urgencia. Cuando le dije que no estabas en casa, me preguntó si yo era la criada. Parecía preocupado. Le dije que era tu mujer. Entonces se disculpó y me preguntó dónde estabas y cuándo volverías. Me dio la impresión de ser un hombre tímido.

—Pues esa no es la reputación que tiene.

—Quiso incluso saber si estaba sola o no. Entonces me explicó que el que te hubiera llamado debía de ser un secreto, pues no lo hacía desde el ministerio, sino desde una cabina pública, y que era importante para él ponerse en contacto contigo lo antes posible.

Mientras hablaba, Maigret seguía mirándola con el ceño fruncido y con una expresión que traslucía su desconfianza por la política. Le había sucedido varias veces en el transcurso de su carrera que un hombre de Estado, un diputado, un senador o alguna persona de las altas esferas, recurría a él, pero siempre había sido por vía oficial; en todas las ocasiones, lo habían llamado al despacho del jefe y la conversación había empezado de la misma manera: «Mi querido Maigret, lamento tener que encargarle un asunto que sé que le va a desagradar».

En efecto, invariablemente se trataba de asuntos bastante desagradables.

No conocía a Auguste Point en persona, ni lo había visto nunca. No era uno de esos hombres que aparecen a menudo en los periódicos.

—¿Por qué no llamó al Quai?

Hablaba más bien consigo mismo. La señora Maigret, no obstante, respondió:

—¿Y cómo quieres que lo sepa? Te repito lo que me ha dicho. Primero, que telefoneaba desde una cabina…

Este detalle había impresionado mucho a la señora Maigret, para quien un ministro de la República era un personaje preeminente, y le costaba imaginarlo entrando por la noche, casi furtivamente, en una cabina telefónica en la esquina de un bulevar.

—… después, que tú no debías ir al ministerio, sino al piso particular que aún conserva…

Consultó un papel en el que había escrito algunas palabras.

—… bulevar Pasteur, veintisiete. No hace falta molestar al portero. Es en el cuarto izquierda.

—¿Me espera allí?

—Te esperará todo el tiempo que sea necesario, aunque tiene que estar de vuelta en el ministerio antes de las doce. —Luego, cambiando de tono, añadió—: ¿Crees que se trata de una broma?

Él negó con la cabeza. Sin duda, era insólito y extraño, pero no parecía una broma.

—¿Te vas a tomar el café?

—Gracias. Pero después de la cerveza no me apetece.

Y, de pie, se sirvió un poco de licor de endrina, cogió una nueva pipa de encima de la chimenea y se encamino a la puerta.

—Hasta luego.

Cuando se encontró en el bulevar Richard-Lenoir, la humedad que había impregnado el aire durante todo el día empezaba a condensarse en una niebla polvorienta que formaba un halo alrededor de las farolas. No cogió un taxi; en metro se llegaba igual de rápido al bulevar Pasteur. Quizás eso se debía también a que no se trataba de una misión oficial.

Durante todo el trayecto, mientras miraba maquinalmente a un señor con bigote que leía el periódico frente a él, estuvo preguntándose qué querría Auguste Point y, sobre todo, por qué lo había citado de manera tan apremiante y misteriosa.

Lo que sabía de Point es que era un abogado de la Vendée —de La Roche-sur-Yon, si no recordaba mal— que se había metido en política más tarde de lo habitual. Formaba parte de esos diputados elegidos después de la guerra por su carácter y por su conducta durante la ocupación.

Maigret ignoraba qué había hecho exactamente. Lo cierto era que, mientras que algunos de sus colegas pasaban por la Cámara de Diputados sin dejar huella, Point había sido reelegido una y otra vez, y, tres meses antes, tras la formación del último gabinete, le habían asignado la cartera de Obras Públicas.

No circulaba ningún rumor sobre él, a diferencia de la mayoría de los políticos. Tampoco se hablaba de su mujer o de sus hijos, si es que tenía.

Cuando Maigret salió del metro en la estación Pasteur, la niebla era aún más espesa y amarillenta, y el comisario reconoció su sabor terroso en los labios. No vio a nadie en el bulevar, oyó solo el sonido de unos pasos a lo lejos, hacia Montparnasse, y, en la misma dirección, un tren que silbaba al salir de la estación.

La luz que se veía aún en algunas ventanas en medio de la bruma daba una sensación de paz y seguridad. Esos edificios, ni ricos ni pobres, ni nuevos ni viejos, con viviendas más o menos iguales, estaban habitados en su mayoría por gente de clase media, profesores, funcionarios, empleados que tomaban el metro o el autobús todas las mañanas a la misma hora.

Pulsó el timbre y, cuando la puerta se abrió, murmuró su nombre de forma casi ininteligible y se dirigió hacia el ascensor.

Este, estrecho, donde solo cabían dos personas, comenzó a subir despacio pero sin sacudidas ni ruidos por el hueco de una escalera débilmente iluminada. Las puertas de los pisos eran del mismo tono castaño oscuro, con felpudos idénticos.

Llamó a la puerta de la izquierda, que se abrió de inmediato, como si alguien lo estuviera esperando con la mano en el picaporte.

El propio Point salió y se adelantó tres pasos para pulsar el botón de bajada del ascensor, algo que a Maigret no se le había ocurrido.

—Lamento haberle molestado siendo tan tarde —murmuró el ministro—. Venga por aquí…

La señora Maigret se habría sentido decepcionada, pues Point no respondía en absoluto a la idea que ella se hacía de un ministro. Era un individuo alto y robusto, parecido al comisario, aunque un poco más macizo, más tosco, de aspecto algo campesino y de rasgos vigorosamente tallados. Su nariz firme y prominente y su boca recordaban a esas cabezas esculpidas en madera de castaño de Indias.

Llevaba un traje corriente, gris, y una de esas corbatas ya anudadas. Dos cosas, sobre todo, llamaban la atención: sus pobladas cejas, anchas y pobladas como mostachos, y el vello casi tan largo que le cubría las manos.

Él, por su parte, observaba a Maigret sin molestarse en disimularlo, sin ni siquiera una sonrisa de cortesía.

—Tome asiento, comisario.

La vivienda, más pequeña que la del bulevar Richard-Lenoir, no debía de componerse más que de dos piezas, quizá de tres, más una cocina minúscula. Del recibidor, en el que había ropa colgada, pasaron a un despacho que recordaba a un piso de soltero. En un estante fijado a la pared se veían alineadas diez o doce pipas, varias de ellas de barro y una muy bonita de espuma. Había un escritorio pasado de moda, como el que tuviera antaño el padre de Maigret y que había estado cubierto de papeles y de ceniza, con ficheros e innumerables cajoncitos en la parte superior. Maigret no se atrevió de momento a examinar las fotografías de la pared, del padre y la madre de Point, con los mismos marcos negros y dorados que se habría encontrado en una granja de la Vendée.

Sentado en su sillón giratorio, parecido también al del padre de Maigret, Point tocó con gesto distraído una caja de cigarros.

—Supongo... —empezó.

El comisario, sonriendo, murmuró:

—Prefiero mi pipa.

—¿Quiere picadura?

El ministro le tendió un paquete ya empezado de tabaco de picadura y encendió de nuevo su propia pipa, que se le había apagado.

—Se habrá quedado sorprendido cuando le ha dicho su esposa...

Intentaba iniciar una conversación y se veía que no estaba satisfecho con su frase. Lo que sucedía era bastante curioso. En aquel despacho cálido y tranquilo, los dos hombres, de la misma estatura, de la misma edad aproximadamente, se observaban sin disimulo. Se habría dicho que estaban descubriendo similitudes entre ellos y que esto los intrigaba, aunque dudaban en reconocerse como hermanos.

—Escuche, Maigret. Entre nosotros es inútil andarse con rodeos. Solo le conozco por los periódicos y por lo que me han contado sobre usted.

—Lo mismo me ocurre a mí con usted, señor ministro.

Con un ademán, Point dio a entender que ese tratamiento, en aquel lugar y entre ellos dos, estaba fuera de lugar.

—Me hallo en un aprieto. Nadie lo sabe aún, nadie lo sospecha, ni el presidente del Consejo ni mi mujer, que suele estar al corriente de todo lo que me ocurre. Es a usted a quien he acudido.

Desvió un instante la mirada y dio una chupada a la pipa, como si estuviese molesto por lo que, en su última frase, podría parecer una adulación trivial o interesada.

—No he querido seguir la vía jerárquica y dirigirme directamente al director de la policía judicial. Lo que estoy haciendo es irregular. Usted no tenía ninguna obligación de venir, como no tiene ahora ninguna obligación de ayudarme.

Se levantó con un suspiro.

—¿Quiere usted una copa? —dijo, y añadió con un amago de sonrisa—: No se preocupe. No estoy intentando sobornarlo. Lo que sucede es que esta tarde necesito de verdad un poco de alcohol.

Pasó a la habitación contigua, de donde volvió con una botella ya empezada y dos vasitos, como los que se usan en las posadas de campo.

—Es aguardiente de pueblo, que mi padre destila todos los años. Este tiene unos veinte años.

Con el vaso en la mano, se miraron.

—A su salud.

—A la suya, señor ministro.

Esta vez, Point no pareció haber oído las últimas palabras.

—Si no sé por dónde empezar, no es porque me sienta incómodo ante usted, sino porque la historia es compleja y resulta difícil de explicar de forma clara. ¿Lee usted los periódicos?

—Las noches en que los criminales me dejan tiempo.

—¿Sigue de cerca la política?

—Muy poco.

—Ya sabrá usted que no soy lo que se llama un político…

Maigret asintió con la cabeza.

—Bien. Estará usted al corriente de la tragedia ocurrida en Clairfond, ¿no?

Esta vez Maigret no pudo evitar estremecerse, y cierta animosidad y desconfianza debieron de aflorar a su rostro, pues el ministro agachó la cabeza y añadió en voz más baja:

—Desgraciadamente se trata de eso.

Hacía un momento, en el metro, Maigret había intentado adivinar la razón de que el ministro quisiera reunirse con él en secreto. No había pensado en el asunto Clairfond, del que, sin embargo, los periódicos hablaban desde hacía un mes.

El sanatorio de Clairfond, en la Alta Saboya, entre Ugines y Megève, a una altura de más de mil cuatrocientos metros, era una de las obras públicas más espectaculares construidas durante la posguerra.

Habían transcurrido varios años, y Maigret no recordaba de quién había sido la idea de crear, para los niños de familias más desfavorecidas, una institución comparable a los modernos sanatorios privados. En aquella época se había hablado bastante del asunto. Algunos lo habían visto como algo puramente político, se habían producido acalorados debates en la Cámara de Diputados, y finalmente se había nombrado una comisión para estudiar el proyecto que, tras una larga oposición, acabó aprobándose.

Un mes antes se había producido una de las tragedias más terribles de la historia. Comenzó el deshielo en una época en la que, según la memoria reciente de la gente, nunca antes había sucedido. Los torrentes de la montaña iban crecidos. Y lo mismo ocurrió con un río subterráneo, el Lize, tan insignificante que no figuraba en los mapas, pero que aun así hundió los cimientos de toda un ala de Clairfond.

A la mañana siguiente de la tragedia, se abrió una investigación que aún no había concluido. Los técnicos no se ponían de acuerdo; los periódicos tampoco, ya que estos defendían diferentes tesis según fuera su ideología.

Ciento veintiocho niños habían muerto debido al derrumbe de uno de los edificios, y los demás habían tenido que ser evacuados de urgencia.

Tras un momento de silencio, Maigret murmuró:

—Usted no formaba parte del Gobierno cuando la construcción de Clairfond, ¿verdad?

—No. Y ni siquiera era miembro de la comisión parlamentaria que votó los presupuestos. A decir verdad, hasta hace unos días, solo sabía del asunto a través de los periódicos, como todo el mundo. —Hizo una pausa—. ¿Ha oído usted hablar del informe Calame, comisario? —añadió.

Maigret lo miró sorprendido y negó con la cabeza.

—Ya oirá usted hablar de él. Sin duda, no serán más que habladurías. Supongo que usted no lee los pequeños semanarios, como *La Rumeur*, por ejemplo.

—Nunca.

—¿Conoce usted a Hector Tabard?

—Tan solo de nombre y reputación. Mis colegas de la calle des Saussaies deben de conocerlo mejor que yo.

Se refería a la Dirección General de Seguridad, que, aunque dependa directamente del Ministerio del Interior, se encarga frecuentemente de casos relacionados de algún modo con la política.

Tabard era un periodista deshonesto que colaboraba con un semanario sensacionalista repleto de chismes.

—Lea esto; apareció seis días después de la tragedia.

Era breve, misterioso.

¿Revelarán algún día, presionados por la opinión pública, el contenido del informe Calame?

—¿Eso es todo? —se extrañó el comisario.

—Este es un extracto del siguiente número.

Contrariamente a lo que se cree, el actual Gobierno caerá antes de finalizar la primavera, no por una cuestión de política exterior, ni por lo que sucede en África del Norte, sino por el informe Calame. ¿Quién tiene realmente el informe Calame?

Las palabras «informe Calame» tenían una resonancia casi cómica y Maigret sonrió al preguntar:

—¿Quién es Calame?

Pero Point no sonreía. Mientras vaciaba su pipa en un gran cenicero de cobre, respondió:

—Un profesor de la Escuela de Caminos. Murió hace dos años, de cáncer, si no me equivoco. Su nombre no es conocido por el gran público, pero sí en el mundo de la mecánica aplicada y de la arquitectura civil. Fue consultor de importantes obras en lugares tan diferentes como Japón o América del Sur, y era una autoridad indiscutible en la resistencia de materiales, especialmente del hormigón. Escribió una obra que ni usted ni yo hemos leído, pero que poseen todos los arquitectos, titulada *Las enfermedades del hormigón*.

—¿Calame se encargó de la construcción de Clairfond?

—Indirectamente. Déjeme contarle la historia de otro modo, siguiendo una cronología más personal. Como ya le he dicho, cuando sucedió aquella tragedia, yo solo sabía del sanatorio lo que habían publicado los periódicos. Ni siquiera recordaba si había votado a favor o en contra del proyecto unos cinco años atrás. Tuve que consultar el Boletín Oficial, y supe entonces que voté a favor. Yo tampoco leo *La Rumeur*. Fue después del segundo artículo cuando el presidente del Consejo me llamó aparte y me preguntó: «¿Conoce usted el informe Calame?». Le respondí ingenuamente que no. Pareció sorprendido, y yo diría que me miró con cierta desconfianza. «Pero tiene que estar en sus archivos», me dijo. Entonces fue cuando me puso al corriente del asunto. Hace cinco años, cuando tuvieron lugar los debates sobre

Clairfond, como la comisión parlamentaria no llegaba a un acuerdo, un diputado, ignoro cuál, propuso pedir un informe pericial a un experto de renombre. Mencionó el nombre del profesor Julien Calame, de la Escuela Nacional de Caminos, y este pasó cierto tiempo estudiando los proyectos, para lo cual incluso se desplazó a la Alta Saboya. Después redactó un informe que, por lo general, debería haber sido transmitido a la comisión.

A Maigret le pareció comprender.

—¿Ese informe era desfavorable?

—Espere. Cuando el presidente me habló del asunto, había ordenado ya que buscasen en los archivos de la Cámara. Deberían haber encontrado el informe en los expedientes de la comisión. Pero no solamente no encontraron el informe, sino que una parte de las actas de las distintas sesiones había desaparecido. ¿Se da cuenta de lo que eso significa?

—Que hay quien está interesado en que el informe no se publique nunca…

—Lea esto.

Era otro extracto de *La Rumeur*, breve también, pero no menos amenazador:

> ¿Es Arthur Nicoud tan poderoso como para impedir que el informe Calame salga a la luz?

A Maigret le sonaba ese nombre como le sonaban tantos otros. Conocía sobre todo la empresa Nicoud y Sauvegrain, porque allí donde se realizasen obras públicas, ya se tratase de carreteras, de puentes o de esclusas, aparecía su nombre.

—La empresa Nicoud y Sauvegrain es la que construyó Clairfond.

Maigret empezaba a lamentar haber ido. Aunque sentía cierta simpatía por Auguste Point, la historia que estaba contando le incomodaba tanto como si oyese contar historias de mal gusto delante de una señora.

A regañadientes, trataba de adivinar el papel que Point había desempeñado en aquella tragedia, que les había costado la vida a ciento veintiocho niños. Estuvo a punto de preguntarle directamente: «¿Qué tiene usted que ver con todo eso?».

Imaginaba que algunos políticos y quizás individuos prominentes estaban involucrados en aquel asunto.

—Intentaré ser breve. El presidente me pidió que iniciase una búsqueda exhaustiva en los archivos de mi ministerio. La Escuela Nacional de Puentes y Caminos depende directamente de Obras Públicas. Lógicamente, debíamos tener en alguna parte, al menos en nuestros archivos, una copia del informe Calame.

De nuevo esas famosas palabras: «Informe Calame».

—¿No encontró nada?

—Nada. Hemos removido en vano toneladas de papel polvoriento, incluso en las buhardillas.

Maigret comenzaba a agitarse incómodo en su sillón, de lo que su interlocutor se dio cuenta.

—¿No le gusta la política?

—Le confieso que no.

—A mí tampoco. Acepté presentarme a las elecciones hace doce años para luchar contra la política, por extraño que le parezca. Y cuando hace tres me pidieron que formase parte del gabinete, dejé que me convenciesen también con el propósito de aportar algo de decencia a los asuntos públicos. Mi mujer y yo somos gente sencilla. Ya ve usted el apartamento donde vivimos en París durante las sesiones de la Cámara desde que soy diputado. Es más bien un piso de soltero. Mi mujer podría haberse quedado en La Roche-sur-Yon, donde tenemos nuestra casa, pero no estamos acostumbrados a vivir separados.

Hablaba con naturalidad, sin ningún deje de sentimentalismo.

—Desde que soy ministro, vivimos oficialmente en el ministerio, bulevar Saint-Germain, pero venimos a refugiarnos aquí tan a menudo como podemos, sobre todo los domingos. Poco importa. Si he llamado desde una cabina telefónica, como seguramente le habrá dicho su mujer (pues, si no me equivoco, su mujer es como la mía)…, si le he llamado desde una cabina, digo, es porque desconfío de las centralitas. Estoy convencido, con razón o sin ella, de que las llamadas que hago desde el ministerio, y quizá también las que hago desde este apartamento, quedan registradas en alguna parte, y prefiero no saber dónde. Le diré, y no me siento orgulloso de ello, que esta tarde, antes de venir aquí, entré por una puerta en un cine de los bulevares y salí por otra, y que he cambiado dos veces de taxi. Sin embargo, es posible que esta casa esté vigilada.

—Yo no he visto a nadie al venir.

Maigret sentía ahora cierta lástima por Point. Hasta ese momento, el ministro había intentado hablar en un tono despreocupado, pero, a medida que se acercaban al meollo del asunto, titubeaba, eludía el tema, como si tuviera miedo de que Maigret se formase una falsa opinión de él.

—Los archivos del ministerio no siguen un orden, y Dios sabe cuántos documentos hay allí de los que ningún ser humano se acuerda. Por lo menos dos veces al día, durante este tiempo, he estado recibiendo llamadas telefónicas del presidente, y no estoy muy seguro de que confíe en mí. Ampliamos la búsqueda en la Escuela de Caminos, sin ningún resultado hasta ayer por la mañana.

Maigret no pudo evitar preguntar, como uno pregunta por el final de una novela:

—¿Han encontrado el informe Calame?

—Hemos encontrado algo que, en todo caso, parece que sea el informe Calame.

—¿Dónde?

—En un desván de la Escuela de Caminos.

—¿Un profesor?

—Un bedel. Ayer al mediodía me pasaron la ficha de un tal Piquemal, del que nunca había oído hablar, en la cual estaba escrito a lápiz: «Acerca del informe Calame». Lo mandé llamar enseguida. Primero me encargué de que no estuviese presente mi secretaria, la señorita Blanche, que está a mi servicio desde hace veinticinco años porque es de La Roche-sur-Yon y ya trabajaba en mi bufete. Como verá, esto tiene importancia. Mi jefe de gabinete tampoco estaba en la sala. Me quedé solo con un hombre de mediana edad, de mirada fija, que permanecía en pie ante mí sin decir nada, con un paquete envuelto en papel de estraza bajo el brazo. «¿Señor Piquemal?», pregunté un poco inquieto, pues hubo un momento en que creí que me las iba a ver con un loco. Asintió con la cabeza.

»"Siéntese".

»"No merece la pena", contestó.

»Me dio la impresión de que sus ojos no revelaban la menor simpatía.

»"¿Es usted el ministro?", me preguntó casi con grosería.

»"Sí", dije.

»"Yo soy el bedel de la Escuela de Caminos".

»Dio dos pasos hacia mí, me tendió el paquete y pronunció en el mismo tono: "Ábralo y luego deme un recibo". El paquete contenía un documento de unas cuarenta páginas, que, evidentemente, era una copia al carbón: *Informe sobre la construcción de un sanatorio en el lugar llamado Clairfond, en la Alta Saboya*. No estaba firmado a mano, pero en la última página figuraban, mecanografiados, el nombre y el título de Julien Calame, así como la fecha. Piquemal, que seguía de pie, repitió: "Necesito un recibo". Redacté uno a mano. Lo dobló, lo metió en una cartera usada y se encaminó a la puerta.

»"¿Dónde ha encontrado usted estos papeles?", le dije.

»"En el desván", contestó.

»"Seguramente tendrá usted que hacer una declaración escrita".

»"Ya sabe dónde encontrarme", respondió.

»"¿Le ha enseñado a alguien más este documento?".

»Me miró a los ojos con desdén.

»"A nadie".

»"¿No había más copias?".

»"Que yo sepa, no".

»"Se lo agradezco".

Point, incómodo, miró a Maigret.

—Ahí cometí un error —continuó—. Yo creo que fue debido al comportamiento extraño de Piquemal, pues su actitud me recordaba a la de un anarquista en el momento de lanzar una bomba.

—¿Qué edad tiene? —preguntó Maigret.

—Unos cuarenta y cinco años. Ni bien ni mal vestido. Su mirada era la de un loco o de un fanático.

—¿Se ha informado sobre él?

—En aquel momento, no. Eran las cinco de la tarde. Quedaban cuatro o cinco personas en la antesala, y esa noche tenía que presidir una cena de ingenieros. Al ver que mi visitante había salido, mi secretaria volvió, y yo metí el informe Calame en mi maletín. Tenía que haber llamado al presidente del Consejo. Si no lo hice, se lo juro de nuevo, fue porque llegué a pensar que Piquemal era un loco. No tenía ninguna prueba de que el documento fuese auténtico. Recibimos casi a diario la visita de individuos desequilibrados.

—Nosotros también.

—En ese caso, usted quizá me comprenda. Mis audiencias duraron hasta las siete. Tuve el tiempo justo de pasar por mi casa para vestirme.

—¿Le habló a su mujer del informe Calame?

—No. Llevaba conmigo mi maletín. Le dije que después de cenar pasaría por el bulevar Pasteur. Vengo a menudo. Venimos juntos aquí los domingos para tomar una cena ligera que ella prepara, pero también vengo solo cuando tengo algún trabajo importante y ganas de estar tranquilo.

—¿Dónde se celebró el banquete?

—En el Palacio de Orsay.

—¿Llevó consigo el maletín?

—Permaneció cerrado con llave, custodiado por mi chófer, en quien tengo plena confianza.

—¿Después vino aquí directamente?

—Hacia las diez y media. Los ministros tienen la ventaja de poder irse tras los discursos.

—¿Iba usted vestido de etiqueta?

—No. Me había cambiado para instalarme en este despacho.

—¿Leyó usted el informe?

—Sí.

—¿Le pareció auténtico?

El ministro asintió con la cabeza.

—¿Sería realmente una bomba si se publicara?

—Sin duda alguna.

—¿Por qué razón?

—Porque el profesor Calame anunció la tragedia, por así decirlo. Aunque me hayan trasladado a Obras Públicas, soy incapaz de explicarle su razonamiento, y, sobre todo, los detalles técnicos que proporciona para sustentar su tesis. Siempre mostró una opinión desfavorable, de forma clara y contundente, en contra del proyecto, y toda persona que leyese el informe tenía la obligación de votar en contra de la construcción de Clairfond tal como había sido concebida, o al menos de solicitar una investigación a fondo. ¿Me entiende?

—Empiezo a entenderlo, sí.

—Ignoro cómo *La Rumeur* tuvo conocimiento de ese documento. ¿Tal vez disponga de una copia del original? Lo desconozco. Y, hasta donde yo sé, la única persona que poseía ayer por la noche un ejemplar del informe Calame era yo.

—¿Qué pasó después?

—Hacia medianoche llamé al presidente del Consejo,

pero me respondieron que se encontraba en Ruan, en una reunión política. Estuve a punto de llamarlo allí…

—¿No lo hizo?

—No, porque, precisamente, pensé en la centralita. Me daba la impresión de tener entre las manos una caja de dinamita, capaz no solamente de hacer saltar el Gobierno, sino de comprometer a algunos de mis colegas. Es inaceptable que aquellos que leyeron el informe se obstinasen en…

Maigret creía adivinar el resto.

—¿Dejó el informe en este apartamento?

—Sí.

—¿En el escritorio?

—Cerrado con llave. Consideré que estaba más seguro aquí que en el ministerio, por el que desfila mucha gente a la que apenas conozco.

—¿Su chófer permaneció abajo durante todo el tiempo en que usted estudió el informe?

—Le dije que podía irse. Tomé un taxi en la esquina del bulevar.

—¿Habló con su mujer al volver a casa?

—No del informe Calame. No le dije una palabra a nadie hasta la mañana siguiente, a la una del mediodía, cuando me encontré con el presidente del Consejo. Entonces lo puse al corriente mientras estábamos asomados a una ventana.

—¿Se alarmó?

—Yo creo que sí. Todo jefe de Gobierno se habría alarmado en su lugar. Me pidió que viniese a buscar el informe y se lo llevase personalmente a su despacho.

—¿El informe estaba en su escritorio?

—No.

—¿La cerradura de la puerta había sido forzada?

—No lo creo.

—¿Ha vuelto a ver al presidente?

—No. Me sentí realmente enfermo, pedí que me llevaran al bulevar Saint-Germain y cancelé todas mis citas. Mi mujer llamó al presidente para avisarle de que no me encontraba bien, que había sufrido un síncope y que iría a verlo al día siguiente por la mañana.

—¿Lo sabe su mujer?

—Por primera vez en mi vida le he mentido. No sé con exactitud qué le he contado, pero seguramente me contradije en más de una ocasión.

—¿Sabe ella que está usted aquí?

—Cree que estoy en una reunión. No sé si usted se hace cargo de mi situación. De pronto me encuentro solo, con la impresión de que en cuanto abra la boca todo el mundo se me echará encima. Nadie creerá mi historia. Tuve entre mis manos el informe Calame. Soy el único, además de Piquemal, que lo ha leído. *Y, por si eso no fuera suficiente, en los últimos años, Arthur Nicoud, el contratista implicado en el asunto, me ha invitado al menos en tres ocasiones a su propiedad de Samois.*

De pronto pareció venirse abajo. Sus hombros se relajaron y su mentón se ablandó. Parecía como si dijese: «Haga usted lo que quiera. Yo ya no sé nada».

Sin pedir permiso, Maigret se sirvió un vaso de aguardiente y solo después de llevárselo a los labios se le ocurrió llenar el del ministro.

2

La llamada del presidente

Sin duda Maigret debía de haber experimentado esa misma sensación en el transcurso de su carrera, pero le parecía que nunca con tal intensidad. La estancia, pequeña, cálida e íntima creaba en él una especie de ilusión, y también el olor del aguardiente casero, el escritorio que se asemejaba al de su padre y las fotografías ampliadas de unos ancianos colgadas en la pared. La verdad es que Maigret se sentía como un médico al que se llama de urgencia y al que el paciente confía su suerte.

Lo más curioso era que el hombre que estaba sentado frente a él y parecía esperar su diagnóstico se le antojaba si no un hermano, al menos un primo hermano. No se trataba únicamente del parecido físico. Tras una ojeada a los retratos de familia, el comisario intuyó que Point y él tenían unos orígenes parecidos. Los dos habían nacido en el campo, de una estirpe campesina que había progresado. Probablemente, los padres del ministro, al igual que los padres de Maigret, habían ambicionado desde el nacimiento de su hijo que este se hiciese médico o abogado.

Point había superado sobradamente sus expectativas. ¿Estarían aún vivos para verlo?

No se atrevía todavía a plantearle estas preguntas. Tenía ante él a un hombre hundido, y sentía que no era debido a una debilidad de carácter. Mientras lo miraba, Maigret experimentaba un sentimiento complejo, hecho de aversión, ira y también desánimo.

Una sola vez en su vida Maigret se había encontrado en una situación similar, aunque menos dramática, y también se trató entonces de un asunto político. Aquello no fue culpa suya. Actuó exactamente como debía; se comportó no solo como un hombre honesto, sino según su estricto deber como funcionario.

Aun así, a los ojos de todos o de casi todos, se equivocó. Tuvo que someterse a un consejo disciplinario y, como todo estaba en su contra, se vieron obligados a echarle la culpa.

En esa época, abandonó por un tiempo la policía judicial y se vio exilado durante un año en la brigada móvil de Luçon, en la Vendée, precisamente el departamento al que Point representaba en la Cámara.

Como le repetían su mujer y sus amigos, él había actuado según su conciencia, y, sin embargo, sin darse cuenta, adoptaba actitudes de persona culpable. Durante sus últimos días en la policía judicial, por ejemplo, cuando su caso se discutía en las altas esferas, no se atrevía a dar órdenes a sus subordinados, ni siquiera a Lucas ni a Janvier, y cuando bajaba la gran escalera lo hacía pegado a la pared.

También Point era incapaz de abordar con claridad su propio caso. Acababa de decir todo lo que sabía. Durante las últimas horas, se había comportado como un hombre que está hundiéndose y solo espera un rescate milagroso.

¿No era extraño que hubiese recurrido a Maigret, a quien no conocía, al que nunca había visto?

En ese momento, sin darse cuenta, Maigret tomó las riendas y sus preguntas empezaron a parecerse a las del médico que intenta dictaminar su diagnóstico.

—¿Confirmó la identidad de Piquemal?

—Mi secretaria llamó a la Escuela de Caminos, y le confirmaron que Jules Piquemal trabajaba allí desde hacía quince años como bedel.

—¿No le parece extraño que no le entregase el documento al director de la escuela y que viniera aquí personalmente, a su despacho, para dárselo a usted?

—No lo sé. No lo había pensado.

—Eso parece indicar que era consciente de su importancia, ¿verdad?

—Sí. Eso creo.

—En resumidas cuentas, desde que se encontró el informe Calame, Piquemal es la única persona, además de usted, que ha podido leerlo.

—Sin contar la persona o personas que lo tienen en su poder en estos momentos.

—Dejemos eso por ahora. Si no me equivoco, además de Piquemal, solo una persona sabía desde el martes a la una que usted estaba en posesión del documento.

—¿Se refiere al presidente del Consejo?

Point miró a Maigret con expresión desconcertada. El actual jefe de Gobierno, Oscar Malterre, era un hombre de sesenta y cinco años que, desde que tenía cuarenta, había formado parte de casi todos los gabinetes. Su padre había sido prefecto, uno de sus hermanos era diputado y otro gobernador de las colonias.

—No supondrá usted…

—Yo no supongo nada, señor ministro. Intento entenderlo. El informe Calame se encontraba en este escritorio ayer por la noche. Hoy a mediodía ha desaparecido. ¿Está usted seguro de que la puerta no ha sido forzada?

—Puede comprobarlo usted mismo. No hay ninguna señal en la madera o en el cobre de la cerradura. ¿Es posible que hayan utilizado una llave maestra?

—¿Y la cerradura de su escritorio?

—Mire. No tiene complicación. Algunas veces, cuando me olvido la llave, la abro con un alambre.

—Si me lo permite, seguiré formulándole las preguntas habituales de un policía, aunque solo sea para despejar el terreno. Además de usted, ¿quién tiene llave de este piso?

—Mi mujer, como es natural.

—Antes me ha dicho que no está al corriente del asunto.

—No le he hablado de ello. Ni siquiera sabe que he venido aquí ayer y hoy.

—¿Sigue de cerca la política?

—Lee los periódicos y está lo bastante informada para que podamos hablar de mi trabajo. Cuando me propusieron ser candidato a diputado, intentó que rechazase la propuesta. Tampoco quería que fuera ministro. No es ambiciosa.

—¿Es natural de La Roche-sur-Yon?

—Su padre era procurador allí.

—Volvamos a las llaves. ¿Quién más tiene?

—Mi secretaria, la señorita Blanche.

—¿Blanche qué más?

Maigret tomaba notas en su libreta negra.

—Blanche Lamotte. Debe de tener… espere… cuarenta y uno… no, cuarenta y dos años.

—¿La conoce desde hace mucho tiempo?

—Entró a mi servicio como mecanógrafa cuando apenas tenía diecisiete años y estaba recién salida de la escuela Pigier. Desde entonces ha trabajado conmigo.

—¿Es también de La Roche?

—De un pueblo de los alrededores. Su padre era carnicero.

—¿Es guapa?

Point pareció reflexionar, como si nunca se lo hubiera planteado.

—No. No puede decirse que lo sea.

—¿Está enamorada de usted?

Maigret sonrió al ver sonrojarse al ministro.

—¿Cómo lo sabe usted? Digamos que está enamorada a su manera. No creo que haya habido nunca un hombre en su vida.

—¿Está celosa de su mujer?

—No en el sentido habitual de la palabra. Creo que está celosa de lo que considera la parte que le corresponde.

—Es decir, que en la oficina es ella quien vela por usted.

Pese a su larga experiencia, Point parecía sorprendido de que Maigret descubriese verdades tan íntimas.

—Me ha dicho que ella estaba en su despacho cuando le anunciaron la visita de Piquemal, y que usted le pidió que se fuera. Cuando volvió a llamarla, ¿tenía usted todavía el informe en la mano?

—Sí, eso creo… Pero le aseguro…

—Entiéndame, señor ministro, no estoy acusando a nadie, ni sospechando de nadie. Solo intento ver claro, como usted. ¿Existen otras llaves de este apartamento?

—Mi hija dispone de una.

—¿Qué edad tiene?

—¿Anne-Marie? Veinticuatro años.

—¿Está casada?

—Se va a casar o, mejor dicho, iba a casarse, el mes que viene. Con la tormenta que se avecina, ya no lo sé. ¿Conoce usted a la familia Courmont?

—De oídas.

Si los Malterre eran famosos en el ámbito de la política, los Courmont no lo eran menos en el mundo de la diplomacia desde hacía al menos tres generaciones. Robert Courmont, que tenía un palacete en la calle de la Faisanderie y era uno de los últimos franceses que aún usaban monóculo, había sido embajador durante más de treinta años, primero en Tokio y luego en Londres, y formaba parte del Instituto de Francia.

—¿Con su hijo?

—Sí, Alain Courmont. Tiene treinta y dos años, ha sido ya agregado de tres o cuatro embajadas, y ahora es jefe de un importante departamento en Asuntos Exteriores. Lo han destinado a Buenos Aires, adonde deberá trasladarse tres semanas después de la boda. Comprenderá usted que ahora la situación es aún más trágica de lo que parece. Un escándalo como el que me espera mañana o pasado mañana…

—¿Su hija viene aquí a menudo?

—Desde que vivimos oficialmente en el ministerio, no.

—¿No ha venido nunca?

—Se lo contaré todo, comisario. Si no, no valdría la pena haberle llamado. Tras el bachillerato, Anne-Marie estudió Filosofía y Letras. No es una de esas mujeres pedantes, pero tampoco es una chica como las de nuestra época. Una vez, hace un mes aproximadamente, encontré aquí cenizas de cigarrillo. La señorita Blanche no fuma. Mi mujer tampoco. Pregunté a Anne Marie y me confesó que venía a veces a este apartamento con Alain. No quise saber más. Recuerdo las palabras que me dijo, mirándome de frente, sin enrojecer: «Hay que ser realista, papá. Tengo veinticuatro años, y él tiene treinta y dos». ¿Tiene usted hijos, Maigret?

El comisario negó con la cabeza.

—Supongo que hoy no había cenizas de cigarrillo... —dijo.

—No.

Desde el momento en que se limitó a responder a las preguntas, Point pareció estar menos abatido, como un enfermo que contesta al médico sabiendo que al final este le dará un remedio para sus males. ¿Era quizás esa la razón de que Maigret alargara tanto el asunto de las llaves?

—¿Alguien más tiene llave?

—El jefe de mi gabinete.

—¿Quién es?

—Jacques Fleury.

—¿Lo conoce desde hace mucho tiempo?

—Estudiamos juntos en el instituto y después en la universidad.

—¿Es también de la Vendée?

—No. Es de Niort. No está muy lejos. Tiene más o menos mi edad.

—¿Abogado?

—Nunca se inscribió en el Colegio de Abogados.

—¿Por qué?

—Es un muchacho raro. Sus padres eran personas adineradas. De joven, no tenía ningún deseo de trabajar con regularidad. Cada seis meses se apasionaba por algo nuevo. Durante una temporada, por ejemplo, se empeñó en ser armador, y compró varios barcos. También montó una empresa comercial en las colonias que no tuvo éxito. Luego lo perdí de vista. Cuando me eligieron diputado, nos veíamos de vez en cuando en París.

—¿Estaba arruinado?

—Completamente. Siempre tenía muy buena presencia. Nunca dejó de tenerla y de ser sumamente simpático. Es el tipo clásico del fracasado simpático.

—¿Le pidió favores?

—Más o menos. Ninguno importante. Poco antes de que yo fuese ministro, la casualidad quiso que nos viéramos más a menudo, y, cuando necesité un jefe de gabinete, él se encontraba disponible. —Point frunció sus pobladas cejas—. A este respecto, debo explicarle algo. Tal vez a usted le resulte difícil imaginarse lo que significa verse un día convertido en ministro. Póngase en mi caso. Yo soy abogado, un simple abogado de provincias, desde luego, aunque no por ello tengo menos conocimientos sobre derecho. Así pues, me nombraron ministro de Obras Públicas y, sin transición ni aprendizaje alguno, me encontré a la cabeza de un ministerio en el que abundaban altos funcionarios competentes y personalidades ilustres, como el difunto Calame. Actué como los demás: adopté una actitud firme e hice como si estuviera al tanto de todo. Sin embargo, sentía que me trababan con ironía y hostilidad, y también me di cuenta de una serie de intrigas que se me escapaban por completo. Incluso en el seno del ministerio, sigo siendo un extraño, pues estoy rodeado de gente que se halla al corriente desde hace mucho de todos los entresijos de la política. Tener cerca de mí a un hombre como Fleury, con quien puedo hablar abiertamente…

—Le entiendo. Cuando lo nombró jefe de su gabinete, ¿Fleury se relacionaba con gente del ámbito político?

—Solo con esas amistades superficiales que se hacen en los bares y restaurantes.

—¿Está casado?

—Lo estuvo. Debe de estarlo todavía, pues no creo que se haya divorciado, y tiene dos hijos. Ya no viven juntos. Pero ha creado otra familia en París, quizá dos, pues tiene el don de complicarse la vida.

—¿Está usted seguro de que él no sabía que usted disponía del informe Calame?

—Ni siquiera vio a Piquemal en el ministerio. No le he hablado de este asunto.

—¿Cómo es la relación entre Fleury y la señorita Blanche?

—Cordial, al menos en apariencia. En realidad, Blanche no lo soporta, porque es de mentalidad burguesa, y la vida sentimental de Fleury la ofende y la exaspera. Como ve, todo esto no nos conduce a nada.

—¿Está seguro de que su mujer no sospecha que está usted aquí?

—Esta noche se ha dado cuenta de que me preocupaba algo. Como yo no tenía ningún compromiso importante, quiso que aprovechase para acostarme temprano. Entonces le dije que tenía una reunión…

—¿Se lo creyó?

—No lo sé.

—¿Acostumbra usted a mentirle?

—No.

Era cerca de medianoche. Esta vez fue el ministro quien llenó los vasitos y, con un suspiro, se dirigió hacia un estante para coger una pipa curvada con aro de plata.

Entonces sonó el teléfono, como para confirmar la intuición de Maigret. Point miró al comisario con expresión de querer preguntarle si debía contestar.

—Sin duda es su mujer. De todos modos, cuando vuelva a casa va a tener que contárselo todo.

El ministro descolgó.

—Hola. Sí. Soy yo.

Tenía ya una expresión culpable.

—No. Estoy con alguien… Teníamos que discutir un asunto muy importante… Te lo contaré luego… No lo sé… Ya no nos queda mucho… Muy bien… De verdad, estoy bien… ¿Cómo…? ¿De la presidencia…? ¿Que quiere que…? Bueno… Ya veré… Sí… Lo haré enseguida… Hasta luego.

Con la frente perlada de sudor, miró a Maigret como si no supiese a qué santo encomendarse.

—Han llamado tres veces de la presidencia… El presidente ha pedido que lo llame a cualquier hora… —Se enjugó la frente. Se había olvidado de encender la pipa—. ¿Qué hago?

—Supongo que debería usted llamar. Será mejor que mañana por la mañana le confiese que no tiene el informe, porque no hay ninguna posibilidad de que nos hagamos con él en una noche.

Hubo una nota cómica que evidenciaba a la vez la desesperación de Point y esa confianza instintiva que cierta gente tiene en el poder de la policía cuando maquinalmente preguntó:

—¿Usted cree?

Después, dejándose caer pesadamente en el sillón, marcó un número que se sabía de memoria.

—Hola. Soy el ministro de Obras Públicas. Querría hablar con el presidente… Perdóneme, señora… Soy Point. Creo que su marido espera… Sí… Sigo al aparato.

Apuró su vaso de un trago, con la mirada fija en uno de los botones de la chaqueta de Maigret.

—Sí, estimado presidente… Le ruego que me disculpe por no haberlo llamado antes. Me encuentro mejor, sí… No era nada… Tal vez el cansancio, sí… Y también… Quería decirle que…

Maigret oyó vibrar en el aparato una voz que no tenía nada de tranquilizadora. Point se asemejaba a un niño al que regañan y que intenta justificarse en vano.

—Sí… Lo sé… Créame…

Finalmente el presidente dejó que hablase y Point trató de encontrar las palabras adecuadas.

—Verá usted, ha pasado la cosa más… más asombrosa. ¿Cómo dice…? Se trata del informe, sí… Ayer, lo traje a mi domicilio particular… En el bulevar Pasteur, sí…

Si le hubiera dado la oportunidad de contar la historia como él quería… Pero el presidente lo interrumpía sin cesar y lo confundía.

—Sí, sí… Suelo venir a trabajar aquí cuando… ¿Cómo…? Sí, estoy aquí en este momento, sí… No, mi mujer no lo sabía, de lo contrario me habría dado el recado… No. No tengo el informe Calame… Es lo que estoy intentando decirle desde el principio. Lo dejé aquí, creyendo que estaría más seguro que en el ministerio, y cuando he venido a recogerlo al mediodía, después de nuestra conversación…

Maigret volvió la cabeza al ver brotar de los gruesos párpados del ministro una lágrima de nerviosismo o de humillación.

—Lo he buscado por todas partes… No, por supuesto, eso no lo he hecho…

Tapando el auricular con una mano, le murmuró a Maigret:

—Me pregunta si he avisado a la policía.

Ahora escuchaba, resignado, murmurando de vez en cuando:

—Sí… Sí… Comprendo…

Su rostro estaba bañado en sudor, y Maigret se vio tentado de abrir la ventana.

—Le juro, estimado presidente…

La lámpara del techo no estaba encendida. Los dos hombres y el rincón del despacho solo se hallaban iluminados por una lámpara de pantalla verde que dejaba el resto de la estancia en la penumbra. De vez en cuando se oía el claxon de un taxi entre la niebla del bulevar Pasteur y, con menos frecuencia, el silbido de un tren.

La fotografía del padre de Point, en la pared, era de un hombre de unos sesenta y cinco años, sacada un decenio atrás, a juzgar por la edad de Point. La fotografía de la madre era de una mujer de apenas treinta años, con un vestido y un peinado de principios de siglo, por lo que Maigret concluyó que la señora Point, al igual que su propia madre, había muerto cuando su hijo era todavía pequeño.

Existían otras posibilidades que aún no le había mencionado al ministro y que inconscientemente comenzaban a rondarle por la cabeza a Maigret. Debido a la llamada telefónica, de la que él estaba siendo testigo accidental, pensaba en Malterre, el presidente del Consejo, que era también ministro del Interior, y que, por tanto, controlaba la Dirección General de Seguridad.

Podía suponerse que Malterre hubiera tenido conocimiento de la visita de Piquemal al bulevar Saint-Germain y que hubiese puesto a Auguste Point bajo vigilancia... O también que después de la conversación mantenida con este...

No se podía descartar ninguna hipótesis, incluso que hubiera querido apoderarse del documento para destruirlo o guardarlo como un as en la manga.

En tales circunstancias, el tan manido término periodístico era exacto: el informe Calame era una verdadera bomba que daba a aquel que lo poseyera ventajas insospechadas.

—Sí, mi querido presidente... A la policía no, le repito que...

El otro debía de estar hostigándolo con preguntas que desorientaban a Point, que miraba a Maigret pidiéndole ayuda. Pero no había posibilidad de ayudarlo. Al final cedió.

—La persona que está en mi despacho no se encuentra aquí en calidad de...

No obstante, Point era un hombre fuerte, tanto moral como físicamente. Maigret asimismo se consideraba fuerte, pero en el pasado también había cedido al quedarse atrapado en un engranaje imparable, si bien menos poderoso que ese. Lo que más lo anonadaba —lo recordaba y lo recordaría toda su vida— era la sensación de enfrentarse a una fuerza sin nombre, sin rostro, imposible de asir. Y esa fuerza era, para todo el mundo, la Fuerza con mayúscula: el Derecho.

Point estaba soltando el último cabo.

—Se trata del comisario Maigret... Le he pedido que venga a verme a título personal... Estoy seguro de que él...

El otro lo interrumpía. El auricular vibraba.

—Ninguna pista, no... Nadie... No, mi mujer tampoco lo sabe... Ni mi secretaria. Le juro, señor presidente...

Se le estaba olvidando el tradicional «estimado presidente» y estaba volviéndose humilde.

—Sí... A partir de las nueve... Se lo prometo... ¿Desea usted hablar con él...? Un momento... —Avergonzado, miró a Maigret y dijo—: El presidente quiere...

El comisario cogió el aparato.

—Le escucho, señor presidente.

—Entiendo que mi colega de Obras Públicas le ha puesto al corriente del incidente.

—Sí, señor presidente.

—No es necesario decirle que el asunto debe permanecer en el más riguroso secreto. Por tanto, no tiene que llevarse a cabo ninguna investigación oficial. Tampoco debe intervenir la Dirección General de Seguridad.

—Entiendo, señor presidente.

—Se sobreentiende que si descubriese algo en relación con el informe Calame, al no llevar ninguna investigación oficial y al no saberlo nadie más, usted me…

El presidente se contuvo. No quería mezclarse personalmente en el asunto.

—… usted se lo comunicará a mi colega Point.

—Sí, señor presidente.

—Eso es todo.

Maigret quiso pasarle el auricular al ministro, pero al otro extremo de la línea ya habían colgado.

—Lo siento, Maigret. Me he visto obligado a hablarle de usted. Se dice que el presidente fue un famoso abogado criminalista antes de entrar en la política, y lo creo. Lamento haberlo colocado a usted en una situación…

—¿Irá a verlo mañana por la mañana?

—A las nueve. No quiere que los otros miembros del gabinete se enteren. Lo que más le preocupa es que Piquemal hable o haya hablado ya, pues, aparte de nosotros tres, es el único que sabe del hallazgo del documento.

—Intentaré averiguar qué clase de hombre es.

—Con discreción, ¿verdad?

—Debo ser sincero con usted, así que tiene que saber que me veo obligado a informar de esto a mi jefe. No será necesario entrar en detalles, por lo que no le mencionaré el informe Calame. Pero sí debe saber que trabajo para usted. Si pudiese llevar yo solo la investigación, lo haría fuera de mi horario laboral. Pero es probable que necesite la ayuda de algunos de mis agentes…

—¿Ellos sabrán…?

—No sabrán nada del informe, se lo prometo.

—Estaba dispuesto a presentarle mi dimisión, pero se me ha anticipado diciéndome que ni siquiera le quedaba el recurso de apartarme del Gobierno, pues eso supondría, si no revelar la verdad, sí despertar sospechas entre aquellos que han seguido los últimos acontecimientos políticos. Así que ahora me he convertido en la oveja negra, y mis colegas…

—¿Está usted seguro de que el informe que tenía era realmente una copia del informe Calame?

Point levantó la cabeza, sorprendido.

—¿Cree que podría ser falso?

—No creo nada. Sigo analizando todas las hipótesis. El entregarle el informe Calame, verdadero o falso, y luego hacerlo desaparecer enseguida, lo desacredita a usted y a todo el Gobierno, pues le acusarán a usted de haberlo hecho desaparecer.

—En ese caso, empezará a hablarse de ello mañana.

—Quizá no tan pronto. Me gustaría saber dónde y en qué circunstancias se encontró el informe.

—¿Cree usted que conseguirá averiguarlo sin que trascienda?

—Lo intentaré. Supongo, señor ministro, que me ha dicho usted todo lo que sabe. Discúlpeme si insisto en ello, pero en las circunstancias actuales es importante que…

—Ya lo sé. Hay un pequeño detalle que no he mencionado. Le he hablado antes de Arthur Nicoud. Cuando volvimos a encontrarnos, en alguna cena que no recuerdo, yo era un simple diputado y jamás me habría imaginado que algún día me encontraría al frente del Ministerio de Obras Públicas. Sabía que él era uno de los socios de la firma Nicoud y Sauvegrain, los contratistas de la avenida de la République. Aquel día, Arthur Nicoud no se comportó como un hombre de negocios, sino como un hombre de mundo. Contrariamente a lo que podría pensarse, no es el típico nuevo rico, ni el típico financiero. Es culto y disfruta de la vida. En París frecuenta los mejores restaurantes, siempre rodeado de mujeres bonitas, sobre todo de actrices y estrellas famosas. Yo creo que todo aquel que destaca en el mundo de las letras, de las artes o de la política ha sido invitado al menos una vez a sus recepciones, que suele celebrar los domingos en su casa de campo de Samois. Allí me he encontrado con numerosos colegas de la Cámara, con directores de periódicos y con científicos, gente de cuya integridad no dudaría. Y en esas recepciones en su casa de campo, parecía que a Nicoud nada le importara más que servir a sus invitados los platos más exquisitos y exclusivos en un entorno refinado. A mi mujer jamás le ha gustado aquello. Hemos ido quizá seis veces, nunca solos, nunca en una situación de intimidad. Algunos domingos nos juntábamos hasta treinta personas para comer, repartidos en varias mesas pequeñas, y después nos reuníamos en la biblioteca o alrededor de la piscina.

»Lo que no le he contado es que una vez, hará dos años, si no me equivoco…, sí, hace dos años, por Navidad, mi hija recibió una pequeña estilográfica de oro con sus iniciales grabadas y acompañada de una tarjeta de Arthur Nicoud. Quise devolver el regalo. No recuerdo con quién hablé de ello, con uno de mis colegas seguramente. Yo estaba de bastante mal humor. Entonces él me dijo que el gesto de Nicoud no iba con segundas intenciones, que era una costumbre suya enviar un regalo a la esposa o a la hija de sus invitados cada fin de año. Ese año eran estilográficas, que debió de encargar por docenas. Otro año fueron polveras, también de oro, pues parece que le encanta el oro. Mi hija se quedó con esa estilográfica. Creo que todavía la usa. Mañana, cuando el asunto del informe Calame salga a la luz en la prensa, se dirá también que la hija de Auguste Point recibió y aceptó…

Maigret asintió con la cabeza. No minimizaba la importancia de un detalle como aquel.

—¿Algo más? ¿Alguna vez Nicoud le ha prestado dinero?

Point enrojeció hasta la raíz del pelo. Maigret comprendió por qué. No era porque tuviese algo que reprocharse, sino porque, a partir de entonces, cualquiera tendría el derecho de hacerle esa misma pregunta.

—Nunca. Se lo juro…

—Le creo. ¿Tiene usted acciones de la empresa Nicoud y Sauvegrain?

El ministro negó con la cabeza, con una amarga sonrisa.

—Desde mañana voy a hacer todo cuanto esté de mi mano —prometió Maigret—. Pero tenga en cuenta que sé menos que usted sobre este asunto y que no estoy familiarizado con los ambientes políticos. Dudo, como le he dicho, que logremos encontrar el informe antes de que pueda usarlo quien quiera que lo haya robado. Dígame, ¿lo habría hecho desaparecer usted para salvar a aquellos colegas suyos que podrían verse comprometidos si se conociese su contenido?

—Desde luego que no.

—¿Aunque se lo hubiera pedido su jefe de partido?

—Aunque me lo hubiera sugerido el presidente del Consejo.

—Estaba casi seguro de ello. Discúlpeme por haberle hecho esa pregunta. Ahora debo marcharme, señor ministro.

Los dos hombres se levantaron, y Point tendió su gruesa y velluda mano.

—Soy yo quien le pide perdón por haberle mezclado en este asunto. Me sentía tan desanimado, tan perdido…

Haber depositado su suerte en manos de otro le proporcionaba cierto alivio. Ahora hablaba en un tono tranquilo. Encendió la luz del techo y abrió la puerta.

—No debe ir a verme al ministerio, pues eso suscitaría comentarios, ya que es usted muy conocido. Tampoco debe llamarme, porque desconfío de las centralitas, ya se lo he dicho. Y este apartamento no es un secreto para nadie. ¿Cómo podemos ponernos en contacto?

—Encontraré la manera de reunirme con usted cuando sea necesario. Puede llamarme a mi casa por la noche, desde una cabina telefónica, como ha hecho hoy, y, si no estoy, déjele un mensaje a mi mujer.

Ambos pensaron lo mismo al mismo tiempo, y no pudieron evitar sonreír. ¿Acaso no parecían conspiradores, allí de pie ante la puerta?

—Buenas noches, señor ministro.

—Gracias, Maigret. Buenas noches.

El comisario no se tomó la molestia de hacer subir al ascensor. Bajó los cuatro pisos, abrió la puerta de la calle y se encontró en medio de la niebla, que se había vuelto más espesa y fría. Para encontrar un taxi, tendría que ir hasta el bulevar Montparnasse. Torció a la derecha, con la pipa entre los dientes y las manos en los bolsillos, y, cuando había recorrido unos veinte metros, dos faros se encendieron ante él al tiempo que se ponía en marcha el motor de un coche.

La niebla impedía calcular las distancias. Por un momento, Maigret tuvo la impresión de que el coche, que empezaba a rodar, se dirigía directamente hacia él, pero el vehículo se limitó a pasar de largo tras envolverlo unos segundos en una luz difusa.

No le dio tiempo de levantar la mano para ocultar el rostro. De todas formas sabía que ese gesto habría sido inútil.

Lo más probable era que alguien quisiera saber quién era el visitante que se había quedado tanto tiempo esa noche en la casa del ministro, cuyas ventanas estaban iluminadas.

Maigret, encogiéndose de hombros, siguió andando, y solo se encontró con una pareja de enamorados que caminaba lentamente, besándose, cogidos del brazo, y que casi chocaron con él.

Al final consiguió encontrar un taxi. En su casa del bulevar Richard-Lenoir todavía había luz. Sacó la llave, como siempre, y, como siempre también, su mujer le abrió la puerta antes de que él metiera la llave en la cerradura. Estaba en camisón, descalza, con los ojos hinchados de sueño, y enseguida regresó al hueco que había dejado en la cama.

—¿Qué hora es? —preguntó con una voz lejana.

—La una y diez.

Él sonrió, pensando que en otro apartamento, más suntuoso, aunque impersonal, otra pareja estaba viviendo momentos parecidos.

Pero Point y su mujer no se encontraban realmente en su casa. No era su habitación, ni su cama. Eran unos extraños en el inmenso edificio oficial donde vivían y que debía de parecerles lleno de trampas.

—¿Qué quería el ministro?

—A decir verdad, no lo sé.

Estaba medio adormilada y se esforzaba por despertarse del todo mientras él se desnudaba.

—¿No sabes para qué quería verte?

—Más bien para pedirme consejo.

No quería emplear la palabra «ánimos», que habría sido más exacta. Era gracioso. Le parecía que si ahí, en esa intimidad familiar de su apartamento, casi tangible, hubiera pronunciado las palabras «informe Calame», se habría echado a reír.

Media hora antes, en el bulevar Pasteur, esas palabras habían cobrado una resonancia dramática. Un ministro, entre la espada y la pared, las pronunciaba con una especie de terror. Un presidente del Consejo se había tomado la molestia de hablar de ello, como si se tratara de un asunto de Estado de lo más importante.

Se trataba de treinta hojas de papel que habían permanecido durante años en un desván o en algún otro lugar sin que nadie se interesara por ellas, y que un bedel de la Escuela de Caminos había descubierto, tal vez por casualidad.

—¿En qué piensas?

—En un tal Piquemal.

—¿Quién es?

—No lo sé.

Era cierto que pensaba en Piquemal, o, más bien, se repetía las tres sílabas de su nombre, que le sonaban cómicas.

—Que duermas bien.

—Tú también. Mañana despiértame a las siete.

—¿Por qué tan pronto?

—Tengo que hacer una llamada.

La señora Maigret ya había extendido el brazo hacia el interruptor, que estaba a su lado, para apagar la luz.

3

El desconocido del bar

Notó cómo una mano tocaba ligeramente el hombro, al tiempo que una voz le murmuraba al oído:

—Maigret. ¡Son las siete!

El olor de la taza de café que su mujer tenía en la mano ascendía por su nariz. Sus sentidos y su cerebro comenzaron a funcionar un poco al estilo de una orquesta cuando los músicos prueban sus instrumentos en el foso. Aún no había coordinación. Las siete, por tanto era un día distinto de los otros, ya que él solía levantarse a las ocho. Sin necesidad de abrir los ojos, supo que hacía sol, mientras que el día anterior había niebla. Antes de que la idea de la niebla le recordara el bulevar Pasteur, notó el mal sabor de boca, algo que no le ocurría desde hacía mucho tiempo al despertarse. Se preguntó si tendría resaca, y pensó en los vasitos y en el aguardiente casero del ministro.

Abrió los ojos de mala gana y se sentó en la cama, algo más tranquilo al comprobar que no le dolía la cabeza. La noche anterior no se había dado cuenta de que tanto el ministro como él habían vaciado su vaso unas cuantas veces.

—¿Cansado? —le preguntó su mujer.

—No. En un momento estaré bien.

Con los ojos todavía hinchados, se bebió el café a pequeños sorbos, mirando alrededor mientras murmuraba con voz aún soñolienta:

—¿Hace buen día?

—Sí. Esta noche ha helado.

El sol era picante y fresco como el vino blanco que se toma en el campo. En el bulevar Richard-Lenoir, la vida de París daba comienzo con ciertos sonidos familiares.

—¿Tienes que irte tan pronto?

—No. Solo tengo que llamar a Chabot, y después de las ocho corro el riesgo de no encontrarlo en casa. Si hoy es día de mercado en Fontenay-le-Comte, saldrá a las siete y media.

Julien Chabot, juez de instrucción de Fontenay-le-Comte, donde vivía con su madre en la gran casa familiar en la que había nacido, era uno de los amigos de Maigret de cuando estudiaba en Nantes, y este había ido a verlo hacía dos años, al regresar de un congreso en Burdeos. La anciana señora Chabot asistía a la primera misa, a las seis de la mañana, y a las siete la casa ya rebullía de vida; a las ocho, Julien salía, no para ir al Palacio de Justicia, donde apenas tenía trabajo, sino para pasear por las calles de la ciudad o a la orilla del río Vendée.

—¿Podrías servirme otra taza de café?

Acercó el teléfono y pidió que le pusieran con Chabot. Cuando la operadora repitió el número, Maigret pensó de pronto que, si una de sus hipótesis de la noche anterior era cierta, su teléfono ya debía de estar intervenido. Se puso de mal humor. Notó de pronto esa misma indignación que le había invadido al verse involucrado contra su voluntad en una conspiración política. De ahí a guardarle rencor a Auguste Point, al que no conocía de nada, al que nunca había visto antes y que había considerado apropiado dirigirse a él para que lo sacase del apuro...

—¿Señora Chabot...? Hola... ¿Es usted la señora Chabot...? Soy Maigret... No. Maigret...

Era dura de oído. Tuvo que repetir su nombre cinco o seis veces y especificar:

—Jules Maigret, de la policía...

Entonces ella exclamó:

—¿Está usted en Fontenay?

—No, llamo desde París. ¿Está su hijo en casa?

Ella hablaba demasiado alto, con la boca pegada al auricular. Maigret no entendía lo que decía. Pasó un minuto largo antes de que oyera la voz de su amigo Chabot.

—¿Julien?

—Sí.

—¿Me oyes?

—Tan claro como si llamases desde la estación de tren. ¿Qué tal estás?

—Muy bien. Escucha, siento molestarte, pero necesito pedirte cierta información. ¿Estabas desayunando?

—Sí, pero no importa.

—¿Conoces a Auguste Point?

—¿El ministro?

—Sí.

—Lo veía a menudo cuando él era abogado de la Roche-sur-Yon.

—¿Qué opinas de él?

—Es un hombre admirable.

—Dame detalles. Todo lo que se te ocurra.

—Su padre, Evariste Point, tiene un hotel en Sainte-Hermine, el pueblo de Clemenceau, y que es célebre no por sus habitaciones, sino por su comida. Los gastrónomos acuden desde muy lejos para comer allí. Debe de tener unos ochenta años. Desde hace algún tiempo ha cedido el negocio a su yerno y a su hija, pero continúa ocupándose de él. Auguste Point, su único hijo, cursó sus estudios casi al mismo tiempo que nosotros, pero en Poitiers y después en París. ¿Sigues ahí?

—Sí.

—Continúo. Era un maestro en su materia, un buen trabajador. Abrió un bufete en la plaza de la Préfecture, en La Roche-sur-Yon. Tú ya conoces la ciudad. Estuvo allí años, llevando sobre todo litigios entre arrendatarios y propietarios. Se casó con la hija de un procurador, Arthur Belion, el cual murió hace dos o tres años, y cuya viuda vive aún en La Roche. Supongo que, de no ser por la guerra, Auguste Point continuaría ejerciendo tranquilamente en la Vendée y en Poitiers. Durante los años de ocupación no dio que hablar, siguió llevando el mismo estilo de vida, como si nada. Todo el mundo se sorprendió cuando algunas semanas antes de la retirada de los alemanes estos lo arrestaron y lo llevaron a Niort y después a alguna parte de Alsacia. En esa misma redada detuvieron a tres o cuatro personas, una de ellas un cirujano de Bressuires, y así supieron que durante toda la guerra, en una granja que tenía cerca de La Roche, Point había dado refugio a agentes ingleses y a aviadores que se escapaban de los campos alemanes. Algunos días después de la liberación, regresó delgado y maltrecho. No intentó sacar partido de sus logros; no formó parte de ningún comité ni desfiló en ninguna comitiva. Recordarás el desorden que reinaba en aquella época. La política intervenía en todo. Ya no se sabía quién había colaborado con los alemanes y quién no. La gente terminó recurriendo a él cuando ya no se estaba seguro de nada. Hacía bien su trabajo, siempre con discreción y prudencia, así que lo enviamos a París como diputado.

»Esta es, más o menos, su historia. Los Point mantuvieron su casa en la plaza de la Préfecture. Viven en París durante las sesiones de la Cámara y luego regresan aquí. Point siempre ha conservado parte de su clientela. Creo que su mujer es de gran ayuda para él. Tienen una hija.

—Lo sé.

—Entonces sabes tanto como yo.

—¿Conoces a su secretaria?

—¿La señorita Blanche? La he visto a menudo en su despacho. La llamamos el Dragón, por la devoción feroz con la que cuida de su jefe.

—¿Sabes algo más sobre ella?

—Supongo que está enamorada, como suelen estarlo las solteronas.

—Ya trabajaba para él antes de ser una solterona.

—Lo sé, pero ese es un asunto del que no sé nada. ¿Qué es lo que ocurre?

—Nada por ahora. ¿Conoces a un tal Jacques Fleury?

—Apenas. Me lo encontré dos o tres veces hace unos veinte años. Debe de vivir en París. No sé a qué se dedica.

—Te estoy agradecido, y me disculpo de nuevo por haber interrumpido tu desayuno.

—Mi madre me lo conserva caliente.

Maigret no sabía qué más decir, así que preguntó:

—¿Hace buen tiempo por ahí?

—Hace sol, pero los tejados están blancos por la escarcha.

—Aquí también hace frío. Hasta pronto, viejo amigo. Saluda a tu madre de mi parte.

—Adiós, Jules.

Para Julien Chabot, esa llamada era todo un acontecimiento, y pensaría en ella durante su paseo por las calles de la ciudad, preguntándose por qué se preocupaba Maigret de las idas y venidas del ministro de Obras Públicas.

El comisario también desayunó, todavía con un regusto a alcohol en la boca, y cuando salió a la calle decidió ir caminando. Entró un momento en un bar de la plaza de la République para limpiarse el estómago con una copa de vino blanco.

Contrariamente a su costumbre, compró todos los periódicos de la mañana y llegó al Quai des Orfèvres justo a tiempo para la reunión de presentación los informes del día.

Reunido con sus colegas en el despacho del jefe, no dijo nada, apenas escuchaba mientras miraba vagamente el Sena y los transeúntes del puente de Saint-Michel. Se quedó el último. El jefe sabía lo que aquello significaba.

—¿Qué ocurre, Maigret?

—Hay un problema —fue lo primero que dijo.

—¿Relacionado con el servicio?

—No. París no ha estado nunca tan tranquilo como en estos cinco últimos días. Pero anoche me llamó personalmente un ministro y me ha pedido que me ocupe de un asunto que no me gusta. Me he visto obligado a aceptar. Le advertí que hablaría con usted del asunto, pero sin entrar en detalles.

El jefe de la policía judicial frunció el ceño.

—¿Un asunto muy fastidioso?

—Mucho.

—¿Relacionado con la tragedia de Clairfond?

—Sí.

—¿Y un ministro le ha encargado una investigación a título personal?

—El presidente del Consejo está al tanto del asunto.

—No quiero saber más. Hágalo, amigo mío, puesto que es necesario, y sea prudente.

—Lo intentaré.

—¿Necesita hombres?

—Tres o cuatro probablemente. Tampoco podré darles demasiados detalles.

—¿Por qué no se han dirigido a la Dirección General de Seguridad?

—¿No sabe por qué?

—Sí. Por eso mismo me preocupo por usted. En fin…

Maigret regresó a su despacho y fue a abrir la puerta del de los inspectores.

—Janvier, ¿puedes venir un momento? —Después, viendo que Lapointe se disponía a salir, le dijo a este—: ¿Tienes algo urgente que hacer?

—No, jefe. Solo cosas rutinarias.

—Pásaselo a otro y espérame aquí. Tú también, Lucas.

Una vez en su despacho, acompañado por Janvier, cerró la puerta.

—Vas a encargarte de un asunto. No tendrás que redactar ningún informe ni rendir cuentas a nadie más que a mí. Si cometes una imprudencia, puede costarte caro.

Janvier sonrió, contento de que le confiasen una tarea tan delicada.

—El ministro de Obras Públicas tiene una secretaria que se llama Blanche Lamotte, de unos cuarenta y tres años.

Había sacado del bolsillo su cuaderno de notas negro.

—Ignoro dónde vive ni cuál es su horario de trabajo. Necesito saberlo todo de ella, qué tipo de vida lleva fuera del ministerio y con quién se relaciona. Es fundamental que ni ella ni nadie sospechen que la policía judicial la vigila. Tal vez, aprovechando la salida de los empleados al mediodía, logres averiguar adónde va a comer. Arréglatelas como puedas. Si se da cuenta de que la vigilas, hazte el enamorado.

Janvier, que estaba casado y acababa de tener su cuarto hijo, esbozó una mueca de desagrado.

—Entendido, jefe. Haré lo que pueda. ¿Hay algo en particular que desea que averigüe?

—No. Cuéntame todo lo que descubras y ya veré yo si sirve o no.

—¿Es urgente?

—Mucho. No hables de esto con nadie, ni siquiera con Lapointe ni a Lucas. ¿Entendido? —Fue de nuevo a abrir la puerta que comunicaba los distintos despachos—. Lapointe, ya puedes entrar.

El pequeño Lapointe, como lo llamaba todo el mundo porque había llegado el último al Quai des Orfèvres y parecía más un estudiante que un policía, comprendía que se trataba de una misión de confianza y estaba emocionado.

—¿Conoces la Escuela de Caminos?

—Sí, calles des Saints-Pères. Durante mucho tiempo, comía allí, en un pequeño restaurante que está casi enfrente.

—Bien. Se trata de un bedel llamado Piquemal. De nombre Jules, como yo. No sé si vive en la escuela o no. De hecho, no sé nada sobre él, y necesito que me consigas toda la información que puedas.

Repitió, poco más o menos, lo que le había dicho a Janvier.

—No sé por qué, pero, según la descripción que me han facilitado, me parece que está soltero. Es posible que viva en una pensión. En tal caso, reserva una habitación en la misma pensión y hazte pasar por estudiante.

Por último, le tocó el turno a Lucas al que Maigret hizo un discurso similar, salvo que él debía encargarse de Jacques Fleury, el jefe de gabinete del ministro.

Las fotografías de estos tres agentes apenas habían aparecido en los periódicos, por lo que no eran conocidos por la opinión pública. Para ser exactos, de Lucas solo conocían el nombre.

Si la Dirección General de Seguridad estaba al tanto del asunto, era evidente que los reconocerían enseguida, pero eso no se podía evitar. En ese caso, además, tal como Maigret había pensado aquella mañana, sus llamadas telefónicas, tanto las de su casa o como las del Quai des Orfèvres, estarían controladas por la calle des Saussaies.

La noche anterior, alguien lo había alumbrado deliberadamente con los faros de un coche en medio de la niebla, y si ese alguien —el cual conocía el apartamento donde Auguste Point se aislaba de vez en cuando— sabía que el ministro se encontraba allí esa noche y que tenía visita, seguro que había reconocido a Maigret.

Una vez solo en su despacho, abrió la ventana, como si aquel asunto le oprimiese los pulmones y necesitara respirar aire puro. Los periódicos estaban sobre la mesa. Debía leerlos, pero prefirió liquidar primero los asuntos corrientes, firmar los informes y las citaciones.

Casi sentía simpatía por los ladrones de medio pelo, por los perturbados, los estafadores y malhechores de toda índole, de los cuales debía vérselas habitualmente.

Hizo algunas llamadas y fue al despacho de los inspectores para darles instrucciones que nada tenían que ver con Point ni con el maldito informe Calame.

A aquella hora, Auguste Point ya debía de haber ido a ver al presidente. ¿Se lo habría contado primero a su mujer, como Maigret le había aconsejado?

Hacía más frío del que había creído, y tuvo que cerrar la ventana. Se sentó en el sillón y finalmente abrió el primer periódico del montón.

Todos hablaban aún de la tragedia de Clairfond, y todos, independientemente de sus tendencias políticas, se veían obligados, movidos por la opinión pública, a reclamar a voz en grito una investigación.

La mayoría se ensañaba con Arthur Nicoud. Un artículo llevaba el titular:

EL MONOPOLIO NICOUD-SAUVEGRAIN

Habrán publicado la lista de los trabajos realizados en los últimos años por la empresa de la avenida de la République a petición del Gobierno y de ciertos municipios. En la página opuesta, en un columna, aparecían los costes de esas obras, cuyo total se elevaba a varios millones. El artículo concluía así:

> Sería interesante establecer la lista de las personalidades oficiales, ministros, diputados, senadores, consejeros municipales de la ciudad de París y sus alrededores, a los que Arthur Nicoud ha invitado a su lujosa propiedad de Samois.
>
> Tal vez también resultaría revelador el examen detallado de las matrices de los talonarios de los cheques firmados por el señor Nicoud.

Un solo periódico, *Le Globe*, del cual el diputado Mascoulin, aunque no era el propietario, al menos sí era el inspirador, reproducía un gran titular inspirado en el famoso «Yo acuso» de Zola:

> ¿Es cierto que…?

En caracteres más grandes de los que se suelen utilizar en los artículos habituales y enmarcadas por un recuadro que daba mayor énfasis al texto, seguían varias preguntas:

> ¿Es cierto que la idea del sanatorio de Clairfond no partió la mente de los legisladores preocupados por la salud de la infancia, sino de un empresario del hormigón?

¿Es cierto que esta idea, hace ya cinco años, fue inculcada a cierto número de altas personalidades en el transcurso de unos suntuosos almuerzos ofrecidos por ese empresario del hormigón en su propiedad de Samois?

¿Es cierto que no se encontraba allí solamente buen vino y excelente comida, sino que, además, los invitados salían frecuentemente del despacho privado del hombre de negocios con un cheque en el bolsillo?

¿Es cierto que, cuando el proyecto tomó cuerpo, todos aquellos que conocían el lugar escogido para el fabuloso sanatorio se dieron cuenta de la locura y del peligro que conllevaba dicha empresa?

¿Es cierto que la comisión parlamentaria encargada de proponerla a la cámara, presidida por el hermano del actual presidente del Consejo, se vio obligada a recurrir a un especialista de reputación incuestionable?

¿Es cierto que este especialista, Julien Calame, profesor de mecánica aplicada y de arquitectura civil en la Escuela Nacional de Caminos, pasó tres semanas en el terreno elegido con los planos?

¿Y que a su vuelta entregó a quien correspondía un informe que destrozaba a los partidarios de tal proyecto?

¿Y que, pese a ello, se votaron los presupuestos para el proyecto y la construcción de Clairfond comenzó semanas más tarde?

¿Es cierto que hasta su muerte, acaecida hace dos años, Julien Calame, según todos aquellos que se relacionaban con él, parecía cargar con un peso sobre su conciencia?

¿Es cierto que en su informe predijo la tragedia de Clairfond casi tal y como ocurrió?

¿Es cierto que el informe Calame ha desaparecido de los archivos de la Cámara, así como de los diferentes ministerios interesados, a pesar de que debía de haber varias copias?

¿Es cierto que por lo menos unas treinta personalidades políticas viven, tras la tragedia, aterrorizadas ante la posibilidad de que salga a la luz una copia del citado informe?

¿Es cierto que, a pesar de las precauciones tomadas, se ha descubierto una copia en una fecha reciente?

¿Y que la copia milagrosamente salvada ha sido entregada a quien corresponde?

En mitad de la página aparecía un titular:

QUEREMOS SABER

¿Sigue el informe Calame en manos de la persona a quien se entregó?

¿Ha sido destruido con el fin de salvar a la pandilla de políticos comprometidos?

Si no ha sido así, ¿dónde se encuentra mientras escribimos esto, y por qué no ha sido publicado todavía, cuando la opinión pública reclama con toda la razón el castigo a los verdaderos culpables de una tragedia que costó la vida de ciento veintiocho niños franceses?

Por último, en la parte inferior de la hoja, y en los mismos caracteres que los dos titulares anteriores se leía:

¿DÓNDE ESTÁ EL INFORME CALAME?

Maigret se sorprendió enjugándose la frente. No era difícil imaginar la reacción de Auguste Point al leer este artículo. *Le Globe* no tenía una gran tirada. Era un periódico sectario que no representaba a ninguno de los grandes partidos, sino a una fracción poco numerosa, a la cabeza de la cual se encontraba Joseph Mascoulin.

Los demás periódicos, cada uno por su lado, iban a abrir una investigación a fin de descubrir la verdad.

Y Maigret también deseaba que se descubriese esa verdad, siempre y cuando todo saliera a la luz.

Sin embargo, tenía la impresión de que no era precisamente eso lo que buscaban. Si, por ejemplo, era Mascoulin quien poseía el informe en esos momentos, ¿por qué, en lugar de plantear preguntas, no lo publicaba en caracteres tan grandes como los de su artículo?

De esa manera, provocaría una crisis ministerial y una limpieza radical en los puestos parlamentarios, y aparecería a ojos de la opinión pública como un defensor de los intereses del pueblo y de la moralidad política.

Para Mascoulin, que siempre había trabajado entre bastidores, suponía una ocasión única de colocarse en un primer plano y de desempeñar sin duda un papel de gran prestigio en los años siguientes.

Si poseía el documento, ¿por qué no lo publicaba?

Como en el artículo, le tocaba el turno a Maigret de hacerse preguntas.

Si Mascoulin no lo tenía, ¿cómo sabía que lo habían encontrado?

¿Cómo sabía que Piquemal se lo había entregado a un político?

¿Y cómo podía sospechar que Point no lo había entregado a su vez a algún superior?

Maigret no estaba y no quería estar al corriente de los entresijos de la política. Sin embargo, no era necesario ser un experto en esos tejemanejes entre bastidores para darse de cuenta de lo siguiente:

1.º, que era en *La Rumeur*, un periódico de dudosa reputación, que recurría al chantaje y que pertenecía a Hector Tabard, donde se había mencionado el informe Calame en tres ocasiones tras la tragedia de Clairfond.

2.º, que el descubrimiento del informe se había producido tras la publicación de ese mismo artículo y en extrañas circunstancias.

3.º, que Piquemal, un simple bedel de la Escuela de Caminos, se había dirigido directamente al despacho del ministro en vez de seguir la vía jerárquica, en este caso a través del director de la Escuela de Caminos.

4.º, que Joseph Mascoulin estaba al corriente de esa entrega.

5.º, que este parecía saber que el informe había desaparecido.

¿Acaso Mascoulin y Tabard desempeñaban el mismo papel? ¿Lo hacían juntos, o cada uno por su lado?

Maigret fue una vez más a abrir la ventana y permaneció un buen rato mirando los muelles del Sena mientras fumaba su pipa. Nunca se había encargado de un asunto tan complejo y con tan pocos datos a su disposición.

En un robo o un asesinato, se encontraba desde el primer momento en un terreno que le era familiar. En aquel momento, por el contrario, se trataba de personas cuyo nombre y reputación conocía vagamente por los periódicos.

Sabía, por ejemplo, que Mascoulin almorzaba todos los días sentado a la misma mesa de un restaurante de la place des Victoires, el Filet de Sole, donde a cada momento venía alguien a estrecharle la mano o a susurrarle alguna información.

Se decía que Mascoulin estaba al tanto de la vida privada de todos los políticos. Rara vez intervenía en los debates públicos, su nombre apenas aparecía en los periódicos, salvo la noche antes de una votación importante. En esas ocasiones podía leerse, por ejemplo: «El diputado Mascoulin prevé que el proyecto será aprobado por trescientos cuarenta y dos votos».

La gente del oficio tomaban estos pronósticos como si estuviera escrito en la Biblia, ya que Mascoulin se equivocaba muy raramente y, como mucho, en dos o tres votos.

No formaba parte de ninguna comisión, no presidía ningún comité y, sin embargo, se le temía más que al líder de un gran partido.

Hacia el mediodía, a Maigret le entraron ganas de ir a comer al Filet de Sole, aunque solo fuese por observar de cerca a ese hombre, a quien solo conocía de las ceremonias oficiales.

Aunque ya había pasado de los cuarenta, Mascoulin permanecía soltero. No se le conocían amantes. No se lo veía ni en los salones, ni en los teatros, ni en las salas de fiestas.

Tenía la cabeza alargada y huesuda, y, ya desde el mediodía, parecía que no se hubiera afeitado. Vestía mal, o más bien de forma descuidada, pues llevaba la ropa arrugada, lo que le daba un aire de dudosa pulcritud.

¿Por qué pensaba Maigret que Piquemal, según la descripción que le había hecho Point, debía de ser un hombre del mismo tipo?

Desconfiaba de los solitarios, de esa gente que no tenía ninguna pasión conocida.

Al final no fue a comer al Filet de Sole, pues habría parecido una declaración de guerra, y se dirigió a la cervecería Dauphine. Allí encontró a dos colegas con los que, durante una hora, pudo hablar de cosas que no fueran el informe Calame.

Uno de los periódicos de la tarde retomaba en parte el asunto publicado en *Le Globe*, pero esta vez de forma más prudente, con alusiones veladas, planteando únicamente qué había de cierto respecto al informe Calame. Un redactor había intentado entrevistar al presidente del Consejo sobre el asunto, pero le había resultado imposible.

Los periódicos no hablaban de Point, pues en realidad la construcción del sanatorio dependía del ministro de Salud Pública. Eran las tres cuando llamaron a la puerta del despacho de Maigret, quien tras soltar un gruñido abrió. Era Lapointe, con expresión preocupada.

—¿Alguna noticia?

—Nada definitivo, jefe. Todo lo que he averiguado podría ser fruto de la casualidad.

—Cuéntamelo con detalles.

—He intentado seguir sus instrucciones. Usted me dirá si me he equivocado en algo. Primero he llamado a la Escuela de Caminos diciendo que era un primo de Piquemal que acababa de llegar a París y que quería verlo pero no tenía su dirección.

—¿Te la han dado?

—Sin dudarlo. Vive en la pensión Berry, en la calle Jacob. Es una pensión modesta de unas treintas de habitaciones donde la propia dueña se encarga de parte de la limpieza mientras el dueño se ocupa de la recepción. Antes pasé por casa para coger una maleta y me fui a la calle Jacob, donde dije que era un estudiante, como me aconsejó usted. Tuve suerte de que dispusieran de una habitación libre, que he alquilado por una semana. Eran alrededor de las diez y media cuando he bajado a la recepción para charlar con el dueño.

—¿Le has hablado de Piquemal?

—Sí. Le he dicho que lo conocí durante las vacaciones y que me parecía recordar que vivía allí.

—¿Qué te ha dicho él?

—Que se había ido. Sale de la pensión todas las mañanas a las ocho y se va a un barucho que hay en la esquina, donde se toma su café con cruasanes. Empieza a trabajar en la escuela a las ocho y media.

—¿Vuelve a la pensión durante el día?

—No. Suele regresar hacia las siete y media, sube a su habitación y ya no vuelve a salir salvo una o dos noches por semana. Parece que es el hombre con hábitos más regulares del planeta. No recibe visitas, no frecuenta a mujeres, no fuma, no bebe y se pasa leyendo las tardes y, muchas veces, parte de la noche.

Maigret sabía que Lapointe tenía algo más que contar y esperó, impaciente.

—Tal vez me haya equivocado, pero he pensado que era lo más acertado. Cuando he sabido que su habitación estaba en el mismo piso que la mía y he podido averiguar el número, me ha parecido que a usted le interesaría saber qué había dentro. De día, la pensión está casi vacía. Solo había, en el tercer piso, alguien que tocaba el saxofón, probablemente algún músico que estaba ensayando, y yo podía oír a la criada en el piso de arriba. He probado con mi llave por si acaso. Son cerraduras sencillas, de un modelo antiguo. No ha funcionado enseguida, pero luego he hecho ciertas maniobras y al final la puerta se ha abierto.

—¿No estaría dentro Piquemal?

—No. Si se buscan mis huellas digitales, las encontrarán por todas partes, ya que no llevaba guantes. He abierto los cajones, el armario empotrado e incluso una maleta que había en un rincón y que no estaba cerrada con llave. Piquemal solo tiene un traje de repuesto, gris oscuro, así como un par de zapatos negros. A su peine le faltan púas. Su cepillo está muy desgastado. No usa crema para afeitarse, sino una brocha. El dueño de la pensión no se equivocaba al decir que se pasa las veladas leyendo. Hay libros por todos los rincones, sobre todo obras de filosofía, economía política e historia. La mayoría son de segunda mano, comprados en los muelles. Tres o cuatro llevan el sello de bibliotecas públicas. Copié los nombres de algunos de los autores: Engels, Spinoza, Kierkegaard, San Agustín, Karl Marx, el padre Sertillanges, Saint-Simon... ¿Todo esto le dice algo?

—Sí. Continúa.

—En un cajón he encontrado una caja de cartón llena de carnets de distintas asociaciones, antiguos y más recientes; algunos datan de hace veinte años y otros solamente de tres. El más antiguo es la de la Asociación Croix-de-Feu, y hay otro de afiliado a la Action Française fechado en 1937. Inmediatamente después de la guerra, Piquemal formó parte de una sección del Partido Comunista. El carnet fue renovado durante tres años. —Lapointe iba consultando sus anotaciones—. También fue miembro de la Liga Internacional de Teosofía, con sede en Suiza. ¿La conoce?

—Sí.

—Dos de los libros, que he olvidado mencionarle, tratan de yoga, y, junto a estos, había un manual práctico de judo.

En resumen: Piquemal se había adentrado en todas las religiones y teorías filosóficas o sociales. Era de esos a los que, en los desfiles de los partidos extremistas, se lo ve marchar detrás de las banderas con la mirada fija al frente.

—¿Eso es todo?

—En lo que se refiere a su habitación, sí. No había cartas. Al bajar, le he preguntado al dueño si nunca recibía correspondencia, y me ha contestado que solo recibía folletos publicitarios y citaciones. He ido al bar de la esquina. Desgraciadamente era la hora del aperitivo. Había mucha gente junto al mostrador. He tenido que esperar un buen rato a que me sirvieran y me he tomado dos vasos antes de hablar con el dueño, para no darle la impresión de que se trataba de un interrogatorio. También a él le he dicho que venía de fuera y que tenía prisa por ver a Piquemal. «¿Al profesor?», me ha dicho, lo que parece indicar que en determinados lugares Piquemal se hace pasar por profesor.

»"Si hubiese venido usted a las ocho… Ahora debe de estar dando su clase. No sé dónde almuerza".

»"¿Ha estado aquí esta mañana?".

»"Se ha colocado cerca de la bandeja de los cruasanes, como de costumbre. Siempre se come tres. De hecho, esta mañana, alguien a quien no conozco y que llegó antes que él se le ha acercado y ha hablado con el señor Piquemal, que no suele ser muy sociable. Debe de tener demasiadas cosas en la cabeza para perder el tiempo en conversaciones triviales. Cortés, pero frío, ¿comprende? Buenos días. Cuánto es. Buenas tardes. Yo no me ofendo, porque tengo otros clientes como él cuyo trabajo requiere mucha concentración y supongo que se debe a eso. Lo que sí me ha sorprendido fue ver al señor Piquemal salir con el desconocido y, en vez de torcer a la izquierda como todas las mañanas, irse con él a la derecha".

—¿Te ha descrito al cliente?

—Apenas. Un hombre de unos cuarenta años, con aire de empleado o viajante de comercio. Ha entrado sin decir nada, un poco antes de las ocho, se ha dirigido al extremo del mostrador y ha pedido un café. No tenía barba ni bigote. Más bien corpulento.

Maigret no pudo evitar pensar que aquella descripción correspondía a unas cuantas docenas de inspectores de la calle des Saussaies.

—¿Has averiguado algo más?

—Sí. Después de desayunar he llamado de nuevo a la Escuela de Caminos y he querido hablar con Piquemal. Esta vez no he dicho quién era ni me lo han preguntado. Me han respondido que no lo habían visto en todo el día.

—¿Está de permiso?

—No. Simplemente no se ha presentado a trabajar. Lo más sorprendente es que no ha llamado para avisar de su ausencia. Es la primera vez que ocurre. He vuelto a la pensión Berry y he subido a mi habitación. Después he llamado a la puerta de Piquemal. La he abierto. No había nadie. Nada había cambiado desde mi primera visita. Usted me ha pedido todos los detalles. He ido a la Escuela de Caminos y me he hecho pasar por un amigo pueblerino. Me he enterado de dónde come al mediodía, a unos cien metros de allí, en la calle des Saint-Pères, en un restaurante propiedad de unos normandos. He ido allí. Piquemal no ha ido a comer hoy. He visto su servilleta en un aro numerado y una botella de agua mineral empezada sobre su mesa habitual. Y eso es todo, jefe. ¿He cometido algún error?

Hizo esta última pregunta con inquietud, al ver que el rostro de Maigret se ensombrecía y adquiría una expresión preocupada.

¿Sería este caso como aquel otro asunto político por el que lo habían trasladado a Luçon a modo de castigo?

Aquella primera vez, todo se había debido también a cierta rivalidad entre la calle des Saussaies y el Quai des Orfèvres. Cada departamento policial recibía órdenes diferentes y, lo quisieran o no, defendían intereses opuestos debido al enfrentamiento entre personalidades del escalafón superior.

A medianoche, al presidente del Consejo se le comunicaba que Point había hecho llamar a Maigret.

A las ocho de la mañana, Piquemal, el hombre que descubrió el informe Calame, había sido abordado por un desconocido en el pequeño bar donde tomaba tranquilamente su café y se había ido con él sin resistirse, sin discutir…

—Has hecho un buen trabajo, muchacho.

—¿No he cometido faltas de ortografía?

—Creo que no.

—¿Y ahora qué?

—No sé. Tal vez deberías quedarte en la pensión Berry por si aparece Piquemal.

—Si ocurre eso, ¿le llamo?

—Sí. Aquí o a mi casa.

Uno de los dos hombres que había leído el informe Calame había desaparecido…

Quedaba Point, que también lo había leído, pero a él, por ser ministro, era más difícil hacerlo desaparecer.

Solo de pensarlo, Maigret notó de nuevo aquel regusto a aguardiente de la noche anterior y, de pronto, le entraron ganas de tomarse una cerveza en un lugar donde pudiera codearse con gente normal, dedicada a sus pequeños asuntos cotidianos.

4

Lucas no está satisfecho

Maigret volvía de la cervecería Dauphine, adonde había ido a tomarse una cerveza, cuando vio a Janvier, que se dirigía con paso rápido a la policía judicial.

A media tarde, casi hacía calor. El sol había perdido su palidez, y, por primera vez en el año, Maigret había dejado su abrigo en la oficina. Gritó «¡Eh!» dos o tres veces. Janvier se quedó inmóvil, lo vio y fue hacia él.

—¿Quieres tomar algo?

Sin razón aparente, al comisario no le apetecía regresar enseguida al Quai des Orfèvres. Seguramente en algo influía la primavera, así como la atmósfera turbia en la que estaba inmerso desde la noche anterior.

A Maigret le pareció que Janvier tenía una expresión rara, como un hombre que no sabe si le van a echar una reprimenda o a felicitarlo. En lugar de quedarse en la barra, fueron a sentarse a la sala del fondo, donde a esas horas no había nadie.

—¿Quieres una cerveza?

—Por qué no…

No hablaron más hasta que les sirvieron.

—No somos los únicos interesados en esa señorita, jefe —murmuró entonces Janvier—. Incluso creo que hay mucha gente que se interesa por ella.

—Cuéntame.

—Lo primero que he hecho esta mañana ha sido dar una vuelta por los alrededores del ministerio, en el bulevar Saint-Germain. Estaba a unos cien metros de allí cuando he visto a Rougier, quien, en la acera de enfrente, parecía observar los gorriones.

Los dos conocían a Gaston Rougier, un inspector de la calle des Saussaies con el que mantenían una excelente relación. Era un buen muchacho que vivía a las afueras y tenía siempre los bolsillos llenos de fotografías de seis o siete niños.

—¿Te ha visto?

—Sí.

—¿Ha hablado contigo?

—El bulevar estaba casi desierto. No podía dar media vuelta. Cuando he llegado hasta él, me ha preguntado: «¿Tú también?». Me he hecho el tonto. «¿Yo también qué?». Entonces me ha guiñado un ojo. «Nada. No te pido que traiciones a nadie. Me parece que esta mañana hay muchas caras conocidas por aquí. Lo malo es que no hay ni una taberna frente a ese puñetero ministerio». Desde donde estábamos, podíamos ver el patio de entrada, y he reconocido a Ramiré, del servicio de información, que hablaba con el portero de forma animada. Representando mi papel hasta el final, he continuado mi camino. Al llegar a la calle de Solférino, he entrado en un café y se me ha ocurrido mirar la guía telefónica. He encontrado el nombre de Blanche Lamotte y su dirección: calle de Vaneau, sesenta y tres. Estaba a dos pasos de allí.

—¿Te has encontrado de nuevo con hombres de la Dirección de Seguridad?

—No exactamente. Usted conoce la calle de Vaneau; es tranquila, casi provinciana, incluso con algunos árboles en los jardines. El número sesenta y tres es un edificio de apartamentos sin pretensiones pero confortable. La portera estaba ocupada pelando patatas. «¿Está en casa la señorita Lamotte?», le he preguntado. Me ha dado la sensación de que me miraba con aire burlón. Sin tenerlo en cuenta he añadido: «Soy inspector de una compañía de seguros. La señorita Lamotte ha solicitado un seguro de vida, y tengo que hacerle algunas preguntas al respecto». Por poco no se ha echado a reír. Me ha dicho: «¿Cuántas policías diferentes hay en París?».

»"No sé qué quiere decir".

»"Para empezar, a usted ya le vi hace dos años, con un comisario corpulento, cuyo nombre no recuerdo, cuando la señora del cincuenta y siete tomó demasiados somníferos. Por otro lado, sus colegas se andan con menos rodeos".

»"¿Han venido muchos?", le he preguntado.

»"Primero, el de ayer por la mañana".

»"¿Le enseñó su placa?".

»"No se la pedí. Tampoco quiero ver la suya. Reconozco a un policía en cuanto lo veo".

»"¿Le hizo muchas preguntas?".

»"Cuatro o cinco. Si la señorita vive sola, si recibe a menudo la visita de un hombre de unos cincuenta años, bastante corpulento… Le dije que no".

»"¿Y eso es verdad?".

»"Sí. Después me preguntó si al volver del trabajo traía normalmente un maletín. Le contesté que a veces sí, pues en su apartamento tiene una máquina de escribir y a menudo se trae trabajo a casa. Supongo que usted sabe tan bien como yo que es la secretaria de un ministro, ¿verdad?".

»"Sí, estoy al tanto".

»"También quiso saber si la noche anterior trajo el maletín. Le contesté que no me fijé. Entonces hizo como que se iba. Yo subí al primero, donde todos los días hago la limpieza de la casa a una señora anciana, y un poco más tarde oí que el hombre subía la escalera. No salí, pero sé que se detuvo en el tercer piso, donde vive la señorita Blanche, y que entró en su casa".

»"¿Le dejó usted que lo hiciera?".

»"Hace mucho tiempo que soy portera y sé que no conviene enemistarse con la policía".

»"¿Estuvo mucho tiempo en la casa?".

»"Unos diez minutos".

»"¿Volvió a verlo?".

»"A ese no".

»"¿Se lo contó a su inquilina?".

Maigret escuchaba con la mirada fija en su vaso, intentando encajar este incidente en el contexto de los acontecimientos que ya conocía.

Janvier continuó:

—Primero ha dudado. Luego, al sentir que enrojecía, ha decidido decirme la verdad.

»"Le dije que alguien había venido a preguntarme por ella y que había entrado en su piso. No mencioné a la policía".

»"¿Se sorprendió?".

»"Al principio sí. Luego murmuró: 'Creo que sé lo que buscaban'. En cuanto a los de esta mañana, han llegado unos minutos después de que ella se fuera a trabajar y eran dos. También me han dicho que eran de la policía. El más joven ha hecho ademán de mostrarme la placa, pero no la he mirado".

»"¿También han entrado en el apartamento?".

»"No. Me han hecho las mismas preguntas y algunas más".

»"¿Qué preguntas?".

»"Si la señorita salía a menudo y con quién, quiénes eran sus amigos, sus amigas, si llamaba mucho por teléfono, si…".

Maigret interrumpió al inspector:

—¿Qué ha dicho ella sobre eso último?

—Me ha dado el nombre de una de sus amigas, una tal Lucile Cristin, que vive en el barrio, que debe de trabajar en una oficina y que es bizca. La señorita Blanche almuerza en el bulevar Saint-Germain, en un restaurante llamado Aux Trois Ministères. Por la noche se prepara ella misma la cena. Esta Lucile Cristin va a menudo a comer con ella. No he podido averiguar dónde vive. La portera me ha hablado de otra amiga, a la que rara vez se ve por la calle de Vaneau pero en cuya casa la señorita Blanche cena todos los domingos. Está casada con un agente de abastos en el mercado de Les Halles llamado Hariel y vive en la calle de Courcelles. La portera cree que es de La Roche-sur-Yon, como la señorita Blanche.

—¿Has ido a la calle de Courcelles?

—Usted me recomendó que no pasase nada por alto. Y como tampoco sé de qué trata este asunto…

—Continúa.

—Lo que me dijo la portera era exacto. He ido al piso de la señora Hariel, que lleva una vida desahogada y tiene tres hijos, el más pequeño de ocho años. De nuevo me he hecho pasar por un inspector de seguros. No ha puesto ningún impedimento, así que he deducido que era el primero que la visitaba. Conoció a Blanche Lamotte en La Roche-sur-Yon, cuando iban juntas a la escuela. Se perdieron el rastro y volvieron a encontrarse por casualidad en París hace tres años. La señora Hariel invitó a su amiga, la cual tomó por costumbre ir a cenar a su casa todos los domingos. Por lo demás, nada de particular. Blanche Lamotte lleva una vida ordenada, se entrega de lleno al trabajo y habla con verdadera admiración de su jefe, por el cual haría cualquier cosa.

—¿Eso es todo?

—No. Hace un año, Blanche le preguntó a Hariel si sabía de algún puesto de trabajo para un conocido suyo que estaba atravesando un momento difícil. Se trataba de Fleury. Hariel, que me dio la impresión de ser un buen hombre, lo ofreció un puesto en su oficina. Fleury debía empezar a trabajar todos los días a las seis de la mañana.

—¿Qué sucedió?

—Fue tres días, pero después no volvieron a verlo, y nunca regresó para disculparse. La señorita Blanche estaba avergonzada. Fue ella la que se deshizo en disculpas.

»Después he vuelto al bulevar Saint-Germain con la intención de entrar en Aux Trois Ministères. De lejos he visto, todavía montando guardia, no solo a Gaston Rougier, sino también a uno de sus colegas, cuyo nombre he olvidado…

Maigret se esforzaba por encontrarle algún sentido a todo aquello. El lunes por la tarde, Auguste Point había ido a su piso del bulevar Pasteur y había dejado allí el informe Calame creyendo que era el lugar más seguro para guardarlo.

Sin embargo, el martes por la mañana, alguien que decía ser de la policía se había presentado en el domicilio de la señorita Blanche, en la calle de Vaneau, y, tras hacerle algunas preguntas sin importancia a la portera, se había metido en su apartamento.

¿Era realmente de la policía?

Si era así, el asunto resultaba aún más preocupante de lo que el comisario temía. Sin embargo, su intuición le decía que esa primera visita no estaba relacionada con la calle des Saussaies.

¿Era aquel el mismo hombre que, al no haber encontrado nada en casa de la secretaria, se había dirigido inmediatamente al bulevar Pasteur y se había apoderado del informe Calame?

—¿No te ha descrito al primero?

—Vagamente. Un tipo corriente, de mediana edad, que tiene la suficiente costumbre de interrogar a la gente como para que ella lo tomase por un policía.

La descripción coincidía casi por completo con la que había hecho el dueño del bar de la calle Jacob del hombre que se había acercado a Piquemal y había salido del establecimiento en su compañía.

En cuanto a los individuos que habían aparecido por la mañana en el edificio de la secretaria pero que no habían entrado en el apartamento, Maigret creía que pertenecían a la Dirección General de Seguridad.

—¿Qué hago ahora?

—No lo sé.

—Se me olvidaba: cuando he pasado de nuevo por el bulevar Saint-Germain, me ha parecido ver a Lucas en un bar.

—Probablemente era él.

—¿Se ocupa del mismo asunto?

—Más o menos.

—¿Sigo con la secretaria entonces?

—Hablaremos de ello cuando haya visto a Lucas. Espera aquí un momento.

Maigret fue al teléfono y llamó a la policía judicial.

—¿Ha vuelto Lucas?

—Todavía no.

—¿Eres tú, Torrence? Cuando vuelva, ¿quieres decirle que vaya a la cervecería Dauphine?

Un muchacho pasó por la calle con la última edición de los periódicos de la tarde, que llevaban unos grandes titulares, y Maigret se dirigió hacia la puerta mientras buscaba una moneda en su bolsillo.

Cuando volvió a sentarse junto a Janvier, extendió el periódico ante ellos. El título, a toda página, decía: «¿Ha huido Arthur Nicoud?».

La noticia era lo bastante sensacional como para obligar al periódico a cambiar su portada:

El caso Clairfond acaba de resurgir de manera inesperada, aunque algunos quizá debían haberlo esperado.

Es sabido que la mañana siguiente a la tragedia, la opinión pública quedó conmocionada y pidió que se depuraran responsabilidades con diligencia.

Según los expertos, la empresa Nicoud-Sauvegrain, que hace cinco años construyó el ya tristemente famoso sanatorio, debería haber sido objeto de una investigación exhaustiva e inmediata.

¿Por qué no fue así? Es probable que en los próximos días obtengamos una explicación. Arthur Nicoud, al que no le gusta mostrarse en público, creyó oportuno ponerse a cubierto en un pabellón de caza que posee en Sologne.

Según parece, la policía está al corriente. Algunos incluso aseguran que esta ha aconsejado al contratista que desaparezca de momento de la circulación a fin de evitar cualquier incidente.

Esta mañana, cuatro semanas después de la tragedia, en las altas esferas se ha decidido por fin convocar a Arthur Nicoud a fin de hacerle las preguntas que están en boca de todos.

A primera hora de la mañana, dos inspectores de la Dirección General de Seguridad se han presentado en el pabellón, donde solo encontraron a un guardés.

Este ha comunicado a los investigadores que su patrón había salido la noche anterior con destino desconocido.

No ha permanecido mucho tiempo en paradero desconocido. En efecto, hace dos horas, nuestro corresponsal especial en Bruselas nos ha comunicado por teléfono que Arthur Nicoud llegó a esa ciudad a media mañana y ha ido a hospedarse en uno de los lujosos apartamentos del hotel Métropole.

Nuestro corresponsal ha logrado contactar con el empresario y hacerle algunas preguntas, que reproducimos íntegramente con sus respuestas:

—¿Es verdad que abandonó bruscamente su pabellón de Sologne porque fue advertido de que la policía iba a presentarse allí?

—Eso es absolutamente falso. Yo ignoraba, e ignoro todavía, las intenciones de la policía, la cual, desde hace un mes, sabe muy bien dónde encontrarme.

—¿Ha salido usted de Francia en previsión de nuevos acontecimientos?

—He venido a Bruselas porque me reclamaban unos negocios de construcción.

—¿Qué negocios?

—La construcción de un aeródromo para la que he presentado mi propuesta.

—¿Tiene intención de volver a Francia y ponerse a disposición de las autoridades?

—No tengo intención de cambiar en nada mis planes.

—¿Quiere decir que permanecerá en Bruselas hasta que se olvide el asunto Clairfond?

—Repito que permaneceré aquí tanto tiempo como lo requieran mis asuntos.

—¿Aunque le fuera notificada una orden de comparecencia?

—Durante un mes han tenido tiempo de interrogarme. Si no lo han hecho, peor para ellos.

—¿Ha oído usted hablar del informe Calame?

—No sé de qué me habla.

Con estas últimas palabras, Arthur Nicoud ha puesto fin a la conversación, que nuestro corresponsal nos ha transmitido por teléfono inmediatamente después.

Según parece, aunque no hemos podido confirmarlo, una mujer rubia y elegante, aún sin identificar, ha llegado una hora después que Nicoud y ha entrado directamente en su apartamento, donde aún se encuentra en estos momentos.

En la calle des Saussaies nos han confirmado que dos inspectores se dirigieron a Sologne a fin de hacerle algunas preguntas al contratista. Cuando hemos mencionado una orden de arresto, nos han contestado que, por el momento, eso no está previsto.

—¿Ese es nuestro caso? —preguntó Janvier con gesto de desagrado.

—Así es.

Movió los labios, sin duda para preguntar cómo era que Maigret se ocupaba de un caso político tan turbio como aquel. Pero no dijo nada. Se veía a Lucas atravesar la plaza arrastrando un poco la pierna izquierda según su costumbre. No se detuvo en la barra, sino que fue a sentarse frente a los dos hombres con expresión malhumorada y se enjugó el rostro.

Señaló el periódico y dijo con un tono de reproche que no empleaba nunca con Maigret:

—Acabo de leerlo.

El comisario se sentía un poco culpable cara a cara con sus dos colaboradores. También Lapointe debía de haber comprendido ahora de qué se trataba.

—¿Una cerveza?—preguntó Maigret.

—No. Un pernod.

Esto tampoco encajaba en su carácter. Mientras esperaban a que les sirviesen, mantuvieron a media voz la siguiente conversación:

—¿Supongo que te has tropezado por todas partes con gente de la Casa Grande?

Era una forma familiar de designar la Dirección General de Seguridad.

—Bien podía haberme aconsejado que fuese discreto—gruñó Lucas—. Si se trata de ganarles en rapidez, prefiero advertirle que nos llevan buena ventaja.

—Cuenta.

—¿El qué?

—Lo que has hecho.

—He empezado paseándome por el bulevar Saint-Germain, donde he llegado algunos minutos después que Janvier.

—¿Rougier? —preguntó este, que no pudo ocultar una sonrisa por lo cómico de la situación.

—Estaba plantado en el centro de la acera y me ha visto llegar. He hecho como el que lleva prisa. Me ha dicho muy divertido: «¿Buscas a Janvier? Justo acaba de torcer la esquina de la calle de Solférino». Siempre desagrada que a uno lo gane por la mano alguno de la calle des Saussaies. Como no podía informarme sobre Jacques Fleury en los alrededores del ministerio…

—¿Has consultado el listín telefónico? —preguntó Janvier.

—No se me ha ocurrido. Sé que frecuenta los bares de los Champs-Élysées, así que me fui a Fouquet's.

—Apuesto a que está en el listín.

—Es posible. ¿Quieres dejarme acabar?

Janvier estaba ahora de un humor ligero, socarrón, como el que acaba de escaldarse y ve escaldarse a otro a su vez.

Los tres, en suma, Maigret tanto como sus colaboradores, sentían que pisaban un terreno que no les pertenecía, igualmente torpes unos y otros, e imaginaban sin mucho esfuerzo las burlas de sus colegas de la Dirección General de Seguridad.

—He hablado con el camarero. A Fleury lo conoce todo el mundo. Tiene casi siempre una cuenta así de larga, y cuando la suma es demasiado grande, le cortan las consumiciones. Entonces desaparece durante unos días hasta que ha agotado su crédito en todos los bares y restaurantes.

—¿Acaba por pagar?

—Un buen día se lo ve volver radiante y paga lo que debe con aire despreocupado.

—¿Después de lo cual empieza de nuevo?

—Exactamente. Hace años que dura esto.

—¿Aun estando en el ministerio?

—Con la diferencia de que desde que es jefe de gabinete y se le supone influencia, tiene quien lo invite a comer y a beber. Antes de eso era frecuente que desapareciese de la circulación durante meses. Una vez se lo vio trabajando en Les Halles, contando los repollos que se descargaban de los camiones.

Janvier miró a Maigret con expresión de entender.

—Tiene mujer y dos hijos en algún lugar de la costa de Vanves. Está obligado a enviarles dinero para vivir. Por suerte, su mujer tiene un empleo, es ama de llaves de un viejo que vive solo. Los hijos también trabajan.

—¿Con quién frecuenta los bares Fleury?

—Durante mucho tiempo, con una mujer de unos cuarenta años, una morena exuberante a la que todo el mundo llamaba Marcelle y de la que parecía estar enamorado. Algunos dicen que la conoció en la caja registradora de una cervecería de la Porte Saint-Martin. No se sabe qué ha sido de ella. Desde poco más de un año, va con una tal Jacqueline Page, con la que vive con ella en un apartamento de la calle Washington, encima de una tienda de comestibles italiana. Jacqueline Page tiene veintitrés años y a veces trabaja como figurante en alguna película. Se esfuerza por que le presenten a todos los productores, directores y actores que frecuentan Fouquet's, y se muestra con ellos tan amable como ellos quieran.

—¿Está enamorado Fleury?

—Eso parece.

—¿Es celoso?

—Dicen que sí. Pero no se atreve a protestar y hace como que no se entera de nada.

—¿La has visto?

—He creído que haría bien yendo a la calle Washington.

—¿Qué le has contado?

—No he tenido necesidad de contarle nada. Nada más abrir la puerta ha gritado: «¿Otro más?».

Janvier y Maigret no pudieron evitar intercambiar una sonrisa.

—¿Otro más qué? —preguntó Maigret, que de antemano conocía la respuesta.

—Otro policía, lo sabe usted muy bien. Acababan de ir dos antes que yo.

—¿Por separado?

—Juntos.

—¿La han interrogado sobre Fleury?

—Le han preguntado si él trabaja algunas veces en casa por la noche y si lleva documentos del ministerio.

—¿Qué ha respondido ella?

—Que por la noche tenían otras cosas que hacer. Es una muchacha que no tiene pelos en la lengua. A propósito: su madre es sillera en la iglesia de Picpus.

—¿Han registrado el piso?

—Solamente han echado una ojeada a las habitaciones. No se puede hablar de vivienda. Es más bien es un campamento. La cocina sirve a duras penas para preparar el café por la mañana. Las otras habitaciones, un salón, un dormitorio y lo que debía de ser el comedor, estaban en desorden, con zapatos y ropa interior de mujer por todas partes, revistas, discos, novelas populares, sin contar botellas y vasos.

—¿Jacqueline se encuentra con él para comer?

—Rara vez. Casi siempre se queda en la cama hasta mediodía. De cuando en cuando, él la llama durante la mañana para decirle que vaya a encontrarse con él en algún restaurante.

—¿Tienen muchos amigos?

—Todos los que frecuentan los mismos clubes.

—¿Eso es todo?

Por primera vez hubo un reproche casi patético en la voz de Lucas cuando replicó:

—No, no es todo. Sus instrucciones fueron averiguar cuanto fuera posible. En primer lugar, tengo una lista de una decena de antiguos amantes de Jacqueline, incluidos algunos con los que aún se ve.

Con aire desganado, puso sobre la mesa un papel con nombres escritos a lápiz.

—Podrá usted constatar que están los nombres de dos políticos. Después, casi me he encontrado a la tal Marcelle.

—¿Cómo?

—A base de piernas. Me recorrí todas las cervecerías de los grandes bulevares, empezando por la Ópera. La última, que evidentemente era la buena, está en la plaza de la République.

—¿Ha vuelto Marcelle a su trabajo como cajera?

—No. Pero se acuerdan de ella y la han visto por el barrio. El propietario de la cervecería cree que vive por los alrededores, al lado de la calle Blondel. Se le suele encontrar en la calle du Croissant, así que cree que trabaja en un periódico o en una imprenta.

—¿Lo has comprobado?

—Todavía no. ¿Tengo que hacerlo?

Al oír su tono, Maigret murmuró, a medias divertido y a medias molesto:

—¿Estás enfadado?

Lucas se esforzó por sonreír.

—No. Pero al menos reconozca que es un trabajito bien extraño. Sobre cuando uno se entera por el periódico de que se trata de este cochino asunto… Si hay que seguir, yo sigo. Pero, sinceramente, le digo que…

—¿Tú crees que esto me divierte más que a ti?

—No. Ya lo sé.

—La calle du Croissant no es muy larga. En esos sitios todo el mundo se conoce.

—Y, una vez más, llegaré después de los muchachos de la calle des Saussaies.

—Es probable.

—Bueno. Iré. ¿Me puedo tomar otro?

Señaló su vaso, que acababa de vaciar. Maigret le hizo un gesto al camarero para que renovase las consumiciones y, en el último momento, pidió él también un pernod en lugar de cerveza.

Inspectores de otras secciones que habían terminado su jornada acudían a tomar el aperitivo al mostrador y les dirigían un saludo con la mano. Maigret, con la cara ensombrecida, pensaba en Auguste Point, que debía de haber leído el artículo y esperaba que de un momento a otro su nombre apareciera en los periódicos en grandes titulares.

Su mujer, a la que sin duda había puesto al corriente, no estaría más tranquila que él. Habría hablado con la señorita Blanche. ¿Se daban cuenta los tres de la trama que se tejía a su alrededor?

—¿Qué hago? —preguntaba Janvier con el tono de a quien le aburre su trabajo pero se resigna.

—¿Tienes el valor de vigilar la calle Vaneau?

—¿Toda la noche?

—No. Hacia las once, por ejemplo. Enviaré a Torrence para relevarte.

—¿Cree usted que va a suceder algo?

—No —confesó Maigret.

No tenía la menor idea. O, más bien, tenía montones de ideas, pero tan enrevesadas que se perdía en ellas.

Había que volver siempre a los hechos más simples, a los que se pueden comprobar.

Era cierto que el lunes al mediodía el hombre llamado Piquemal se había presentado en el despacho del ministro de Obras Públicas. Tuvo que hablar con el portero de servicio, rellenar una ficha. Maigret no la había visto, pero debía estar archivada, y Point no podía haberse inventado la visita.

Como mínimo dos personas, que se encontraban en despachos vecinos, pudieron haber oído la conversación: la señorita Blanche y Jacques Fleury.

La Dirección General de Seguridad también había pensado en ello, ya que había ido a interrogarlos a sus domicilios.

¿Habría entregado realmente Piquemal el informe Calame a Auguste Point?

A Maigret le parecía inverosímil que este hubiese montado toda aquella farsa, que además no tenía sentido.

Point se había dirigido a su domicilio particular, en el bulevar Pasteur. Había dejado el documento en su escritorio. Esto también lo creía el comisario.

Así pues, la persona que, a la mañana siguiente, se había presentado en casa de la señorita Blanche y había registrado su piso no sabía dónde se encontraba el informe. Y al mediodía el documento había desaparecido.

El miércoles por la mañana, desaparecía a su vez Piquemal.

Al mismo tiempo, y por vez primera, el periódico de Joseph Mascoulin hablaba del informe Calame y preguntaba abiertamente quién tenía oculto el documento.

Maigret comenzó a mover los labios, hablando en voz baja, como consigo mismo.

—Una de dos: o han robado el informe para destruirlo, o lo han robado para usarlo. Hasta ahora no parece que nadie lo haya utilizado.

Lucas y Janvier escuchaban sin interrumpirlo.

—A menos que… —Se bebió despacio la mitad de su vaso y se enjugó los labios—. Esto parece complicado, pero los asuntos políticos raramente son fáciles. Solo una persona o varias, comprometidas en el caso Clairfond, tienen interés en destruir el documento. Así pues, si se tiene conocimiento de que este ha desaparecido tras haber salido a la superficie durante unas horas, las sospechas recaerán inmediatamente sobre esas personas.

—Creo que ya comprendo —murmuró Janvier.

—Por lo menos unos treinta políticos, sin contar al mismo Nicoud, corren peligro de escándalo en este asunto. Si se consigue hacer recaer las sospechas sobre un solo individuo, si se crean pruebas contra él, si se logra que este individuo sea vulnerable, se obtiene la cabeza de turco ideal. Auguste Point está indefenso.

Sus dos colaboradores se miraron asustados. Maigret había olvidado que no estaban al corriente de una parte del asunto. Ya había pasado la fase en que era posible tener secretos para ellos.

—Figura en la lista de los invitados de Nicoud en su casa de Samois —dijo Maigret—. El contratista le regaló a la hija del ministro una estilográfica de oro.

—¿Ha hablado usted con él?

Maigret asintió con la cabeza.

—¿Es él quien…?

Lucas no acabó su pregunta. Maigret comprendió. El inspector quería preguntar: «¿Es él quien le ha pedido que le ayude?».

Eso terminó de disipar la incomodidad que pesaba sobre los tres.

—Es él, sí. A estas horas, me sorprendería que no lo supiera nadie más.

—¿Es necesario actuar a escondidas?

—En todo caso, no de la Dirección de Seguridad.

Se quedaron todavía un cuarto de hora ante sus vasos. Maigret se levantó el primero, les deseó buenas tardes y fue a su oficina por si acaso.

No había nada para él. No había llamado Point ni ninguna persona mezclada en el caso Clairfond.

Durante la cena, la señora Maigret, al verle la cara, comprendió que más valía no preguntar. Maigret pasó la velada leyendo una revista de policía internacional y a las diez se acostó.

—¿Tienes mucho trabajo?

Estaban casi dormidos. La señora Maigret llevaba mucho rato con esa pregunta en los labios.

—No mucho, pero desagradable.

En dos ocasiones estuvo tentado de coger el teléfono y llamar a Auguste Point. No sabía qué decirle, pero habría querido ponerse en contacto con él.

Se levantó a las ocho. Detrás de los visillos se veía una ligera bruma que se adhería a los cristales y parecía amortiguar los ruidos de la calle. Fue a pie hacia la esquina del bulevar Richard-Lenoir para tomar el autobús y se detuvo ante el vendedor de periódicos.

La bomba había estallado. Los periódicos no hacían preguntas, sino que anunciaban en grandes titulares:

CASO DE CLAIRFOND.

DESAPARICIÓN DE JULES PIQUEMAL,

LA PERSONA QUE ENCONTRÓ EL INFORME CALAME.

EL INFORME, ENTREGADO A UN MANDATARIO,

HABRÍA DESAPARECIDO TAMBIÉN.

Con el periódico bajo el brazo, subió al autobús y no quiso leerlo hasta llegar al Quai des Orfèvres.

Cuando atravesaba el pasillo, oyó que sonaba el teléfono en su despacho y corrió a descolgarlo.

—¿Comisario Maigret? —preguntó el de la centralita de control—. Es la tercera vez en un cuarto de hora que le llaman del Ministerio de Obras Públicas. Le paso la comunicación.

Todavía tenía puestos el sombrero y el abrigo, ligeramente húmedos por la niebla.

5

Los escrúpulos del profesor

La voz era la de un hombre que no había dormido la noche anterior, o incluso que no ha dormido desde hacía varias noches y que no se toma la molestia de escoger sus palabras, porque ha dejado atrás la fase en que uno se preocupa del efecto que causa. Ese timbre neutro, sin acento, sin energía, equivale en el hombre a ese llanto especial de la mujer que no es patético y la afea sin que ella se preocupe por ello.

—¿Puede venir a verme ahora mismo, Maigret? Tal como están las cosas, no hay ninguna razón para evitar el bulevar Saint-Germain, a menos que le desagrade personalmente. Le prevengo que la antesala está llena de periodistas y que el teléfono no para de sonar. He prometido una rueda de prensa a las once.

Maigret miró su reloj.

—Voy inmediatamente.

Llamaron a la puerta. El joven Lapointe entró cuando aún tenía el ceño fruncido y el auricular en la mano.

—¿Tienes algo que decirme?

—Algo nuevo, sí.

—¿Importante?

—Eso creo.

—Ponte el sombrero y ven conmigo. Me lo cuentas por el camino.

Se detuvo un instante a hablar con el portero para pedirle que informase al jefe de que no asistiría a la reunión de los informes. En el patio se acercó a uno de los pequeños coches negros de la policía judicial.

—Vámonos.

Cuando ya rodaban sobre el muelle, añadió:

—Cuéntame, deprisa.

—Pasé la noche en la pensión Berry, en la habitación que alquilé.

—¿No reapareció Piquemal?

—No. Alguien de la Dirección de Seguridad ha estado vigilando en la calle toda la noche.

Maigret ya lo había sospechado. Eso no lo inquietaba.

—No quise entrar en la habitación de Piquemal de noche, porque tendría que haberme alumbrado y se habría visto la luz desde la calle. Esperé hasta la madrugada y entonces realicé un examen más minucioso que antes. Cogí los libros uno por uno y pasé las páginas. En un tratado de economía política, encontré esta carta, que habían puesto allí para servir de señal. —Mientras conducía con una mano, sacó con la otra su cartera del bolsillo y se la tendió a Maigret—. En el compartimento de la izquierda. La carta lleva el membrete de la Cámara de los Diputados.

Era una hoja de formato pequeño como las que usan los miembros de la Cámara para las comunicaciones breves. La carta estaba fechada el jueves anterior. La letra era pequeña, descuidada, con caracteres que se amontonaban y los finales de palabra casi ilegibles.

Estimado señor:

Le agradezco su comunicación. Estoy muy interesado en lo que me dice y con mucho gusto le veré mañana hacia las ocho de la tarde en la cervecería Croissant, en la calle de Montmartre. Hasta entonces, le ruego que no hable a nadie del asunto que nos ocupa.

Suyo…

No había firma propiamente dicha, sino una rúbrica cuyas letras podían ser cualquiera de las del alfabeto.

—Supongo que es de Joseph Mascoulin… —murmuró el comisario.

—Es suya, sí. He ido temprano a casa de un amigo que es taquígrafo de la Cámara y conoce la escritura de la mayoría de los diputados. No ha habido necesidad de mostrarle más que la primera línea y la firma.

Habían llegado ya al bulevar Saint-Germain y, frente al Ministerio de Obras Públicas, Maigret vio aparcados varios coches de la prensa. Echó una ojeada a la acera de enfrente y no vio a nadie de la calle des Saussaies. ¿Ahora que la bomba había estallado abandonaban la vigilancia?

—¿Le espero?

—Quizá sea lo mejor.

Atravesó el patio, subió la gran escalera y se encontró en una antesala tapizada de rojo oscuro con columnas amarillentas, donde reconoció varias caras. Dos o tres periodistas hicieron ademán de acercarse a él, pero se les adelantó un portero.

—Por aquí, señor comisario. El señor ministro le espera.

En el despacho inmenso y sombrío, donde las lámparas estaban encendidas, Auguste Point, de pie, le pareció más bajo, más apocado que en el apartamento del bulevar Pasteur. Le tendió la mano a Maigret y la retuvo un momento entre la suya con la insistencia de quien acaba de sufrir una gran conmoción y reconoce la menor prueba de simpatía.

—Le agradezco que haya venido, Maigret. Me reprocho ahora el haberle mezclado en todo esto. Como verá, no me había inquietado sin motivo.

Se volvió hacia una mujer que estaba colgando el teléfono tras terminar una conversación.

—Le presento a mi secretaria, la señorita Blanche, de quien ya le he hablado.

Esta miraba a Maigret de una manera desafiante. Se la notaba a la defensiva. No le tendió la mano, sino que le hizo un leve saludo.

Su cara era vulgar, sin atractivo, pero bajo su sencillo vestido negro, realzado solamente en el cuello por un encaje blanco, Maigret se sorprendió al intuir un cuerpo joven, torneado, aún muy deseable.

—Si no le importa, vayamos a mi residencia. Nunca me he podido acostumbrar a este despacho y siempre me siento incómodo aquí. ¿Atiende usted el teléfono, Blanche?

—Sí, señor ministro.

Point abrió una puerta al fondo y murmuró, siempre con la misma voz inexpresiva:

—Permítame ir delante. El camino es bastante complicado.

Él mismo no estaba aún acostumbrado y parecía un extraño por los desiertos pasillos, donde a veces dudaba ante una puerta.

Subieron por una escalera más estrecha y atravesaron dos grandes salas vacías. Al ver Maigret a una sirvienta con delantal blanco que llevaba un plumero en la mano, comprendió que habían abandonado la parte oficial del edificio y llegaban a la residencia privada.

—Quería haberle presentado a Fleury. Estaba en el despacho de al lado. En el último momento se me olvidó.

Se oyó una voz de mujer. Point empujó una última puerta y se encontraron en un salón más pequeño que los otros, en el cual había una mujer sentada cerca de la ventana con una joven de pie a su lado.

—Mi mujer y mi hija. Me ha parecido preferible hablar delante de ellas.

La señora Point podría ser cualquier burguesa de edad madura de las que se encuentran en la calle haciendo la compra. Ella también tenía el semblante alterado y la mirada un poco vacía.

—Ante todo, tengo que darle las gracias, señor comisario. Mi marido me lo ha contado todo y sé cuánto bien le ha hecho la entrevista que mantuvo con usted.

Sobre una mesa había periódicos esparcidos, con sus titulares sensacionalistas.

Maigret, de pie, casi no prestó atención a la muchacha, que le pareció más tranquila, más dueña de sí misma que su padre y su madre.

—¿Quiere una taza de café?

Aquello le recordaba un poco a una casa mortuoria, en la que la rutina se ve sin cesar alterada, donde la gente va y viene, habla y se inquieta sin saber dónde meterse ni qué hacer.

Tenía aún puesto el abrigo. Fue Anne-Marie quien lo invitó a quitárselo y lo colocó en el respaldo de un sillón.

—¿Ha leído los periódicos de esta mañana? —preguntó al fin el ministro sin sentarse.

—Solo he tenido tiempo de leer los titulares.

—Todavía no citan mi nombre, pero toda la prensa lo sabe. Han debido de recibir la información hacia medianoche. Fui advertido por un hombre al que conozco y que trabaja como impresor en la calle du Croissant. Enseguida llamé al presidente.

—¿Cómo reaccionó?

—No sé si se sorprendió o no. No me siento capaz de juzgar a las personas. Evidentemente lo desperté. Me pareció que manifestaba cierta sorpresa, pero me dio la sensación de que le extrañaba menos de lo que yo esperaba.

Parecía que hablaba aún de mala gana, sin convicción, como si las palabras no tuviesen importancia.

—Siéntese, Maigret. Le suplico que me perdone si me quedo de pie, pero desde esta mañana no puedo estar sentado. Me genera angustia. Tengo que estar de pie, caminar. Cuando usted ha llegado, hacía una hora que daba vueltas por mi despacho mientras mi secretaria respondía al teléfono. ¿Por dónde iba yo? Ah, sí. El presidente me dijo algo así como: «Pues bien, querido amigo, es preciso poner al mal tiempo buena cara». Yo creo que esas fueron sus palabras exactas. Le pregunté si eran sus hombres quienes habían detenido a Piquemal. En lugar de responder directamente, murmuró: «¿Qué le hace pensar eso?». Después me explicó que, al igual que en mi caso o en el de cualquier otro ministro, no sabía con seguridad lo que hacían los hombres a su cargo. Hizo toda una disertación sobre ello.

»"Se nos hace responsables de todo", dijo, "pero nadie entiende que solo estamos de paso, que las personas a las que damos órdenes han tenido un jefe el día anterior y tendrán quizás otro al día siguiente".

»Le sugerí: "Lo mejor que puedo hacer, sin duda, es presentarle mi dimisión mañana por la mañana".

»"Va usted muy deprisa, Point. Me toma por un desaprensivo. En política, las cosas rara vez suceden como se han previsto. Voy a pensar en su proposición y le llamaré enseguida".

»Supongo que llamó a algunos de nuestros colegas. Quizá tuvieron una reunión. No lo sé. Ahora ya no tienen ninguna razón para mantenerme al corriente. Pasé el resto de la noche paseando por mi habitación mientras mi mujer intentaba calmarme.

Esta miró a Maigret como diciendo: «Ayúdeme. Ya ve cómo está».

Era verdad. La noche del bulevar Pasteur, Point le había parecido a Maigret un hombre que se tambalea bajo un golpe que acaba de recibir, que no sabe aún cómo va a afrontarlo pero que no ha abandonado la partida.

Ahora hablaba como si los acontecimientos no le importasen, como si, una vez decidida su suerte para siempre, hubiese renunciado a luchar.

—¿Volvió a llamarle? —preguntó Maigret.

—Hacia las cinco y media. Como puede ver, anoche algunos no dormimos. Me dijo que mi dimisión no serviría de nada, que sería considerada una prueba de culpabilidad y que lo único que debía hacer era decir la verdad.

—¿Se refería al contenido del informe Calame? —preguntó el comisario.

Point sonrió.

—No exactamente. Cuando yo creía que la conversación había terminado, añadió:

»"Supongo que le preguntarán si ha leído el informe".

»Yo respondí: "Lo he leído".

»"Eso suponía. Es un informe bastante voluminoso, supongo que atestado de detalles técnicos sobre una materia que no tiene por qué conocer un hombre de leyes. Sería más exacto decir que usted solo le echó un vistazo. No tiene el informe a la vista para refrescarse la memoria. Le digo esto, querido amigo, para evitarle molestias más graves que las que le esperan. Si habla del contenido del informe, si involucra a alguien, sea quien sea (eso no me interesa y no me preocupo de ello), le acusarán de lanzar acusaciones que no está usted en condiciones de mantener. ¿Me comprende?".

Point encendió su pipa, por tercera vez desde el comienzo de la conversación, y su mujer se volvió hacia Maigret.

—Puede usted fumar también. Estoy acostumbrada.

—El teléfono lleva sonando desde las siete de la mañana. La mayoría son periodistas que quieren hacerme preguntas. Al principio contestaba que no tenía ninguna declaración que hacer. Después he notado que el tono se volvía casi amenazador. Me han telefoneado personalmente directores de periódicos. He acabado por citar a todo el mundo a las once en mi despacho para una rueda de prensa. Necesitaba verle a usted antes. Supongo… —Había tenido el coraje, quizá por pudor, quizá por temor o por superstición, de retrasar esa cuestión hasta aquel momento—. Supongo que no ha descubierto usted nada…

¿Lo hizo a propósito Maigret, para dar importancia a su gesto y así insuflar cierta confianza en el ministro, cuando sacó la carta de su bolsillo y se la tendió sin decir una palabra? Tuvo algo de teatral que no iba con sus costumbres.

La señora Point no se movió del canapé en el que estaba sentada, pero Anne-Marie fue junto a su padre y leyó por encima de su hombro.

—¿De quién es? —preguntó.

—¿Reconoce la letra? —dijo Maigret.

—Me recuerda algo, pero no la reconozco.

—Esa carta la envió el jueves pasado Joseph Mascoulin.

—¿A quién?

—A Jules Piquemal.

Hubo un silencio. Point, sin decir una palabra, le tendió la carta a su mujer. Cada uno parecía intentar medir la importancia de ese descubrimiento.

Cuando Maigret tomó la palabra fue, como en el bulevar Pasteur, para hacer una especie de interrogatorio.

—¿Cómo es su relación con Mascoulin?

—No tengo relación con él.

—¿Han discutido?

—No.

Point se mostraba serio, preocupado. Maigret, aunque no se mezclaba en política, conocía un poco las costumbres parlamentarias. Por lo general, los diputados, aunque pertenezcan a partidos contrarios y se ataquen ferozmente en la tribuna, mantienen relaciones cordiales que recuerdan, por su confianza, a las del colegio o el cuartel.

—¿No se hablan? —insistió Maigret.

Point se pasó la mano por la frente.

—Esto se remonta a varios años, a mis comienzos en la Cámara. Era una Cámara nueva, como sin duda recordará usted, en la que se juró que no habría intrigantes.

Eso fue inmediatamente después de la guerra y el país estaba arrebatado por un especie de idealismo. Había sed de limpieza.

La mayoría de mis colegas, o al menos un número considerable de ellos, eran como yo, nuevos en la política.

—¿Mascoulin no?

—No. Quedaban algunos diputados de la antigua Cámara, pero, en nuestro fuero interno, todos suponíamos que seríamos los nuevos quienes crearíamos la atmósfera. Unos meses después, ya no me sentía tan seguro. Dos años después, estaba descorazonado. ¿Te acuerdas, Henriette? —dijo, volviéndose hacia su mujer.

—Hasta el punto —repuso esta— que decidió no volver a presentarse.

—En una cena en la que debía tomar la palabra, expresé lo que tenía en el corazón, y la prensa estaba allí para recoger mis palabras. Me asombraría que no usaran estos días parte de aquel discurso. El tema era, en cierto modo, las manos sucias. Explicaba, en esencia, que lo defectuoso no es nuestro régimen político, sino el ambiente en el que, por voluntad u obligados, viven los políticos. No es necesario que me extienda sobre ello. Usted recordará el titular, que se hizo famoso: «La República de los amigotes». Nos vemos todos a diario, nos estrechamos las manos como viejos amigos. Al cabo de unas semanas de sesiones, todos se tutean y se hacen favores unos a otros. Cada día estrechan un mayor número de manos, y si estas no están muy limpias, se encogen los hombros con indulgencia: «Bah, no es mal tipo». O bien: «Se ve obligado a hacer eso por sus electores». ¿Me comprende usted? Declaré que si cada uno de nosotros decidía de una vez para siempre no estrechar las manos sucias, las manos de los intrigantes, la atmósfera política quedaría purificada desde ese mismo momento. —Hizo una pausa y, al cabo de un instante, dijo con pesadumbre—: Yo hice lo que predicaba. Evité a ciertos periodistas y hombres de negocios turbios que llenaban los pasillos del Palacio Borbón. Negué favores a influyentes electores que no me parecía estar obligado a hacerles. Y un día que en el vestíbulo Mascoulin se me acercó con la mano extendida, hice como que no lo veía y me volví ostensiblemente hacia otro colega. Sé que palideció y que nunca me lo ha perdonado. Es uno de esos hombres que jamás perdonan.

—¿Actuó usted de la misma forma con Hector Tabard, el director de *La Rumeur*?

—Me negué a recibirlo dos o tres veces, y él no insistió. —Miró su reloj—. Me queda una hora, Maigret. A las once tendré que hacer frente a los periodistas y responder a sus preguntas. Había pensado enviarles un comunicado, pero eso no los contentaría. Tengo que decirles que Piquemal me llevó el informe Calame y que me fui a mi apartamento del bulevar Pasteur para leerlo.

—Pero que no lo leyó…

—Intentaré ser menos categórico. Lo peor, lo imposible, será admitir ante ellos que dejé el maldito informe en mi apartamento sin vigilancia y que cuando, a la mañana siguiente, fui a cogerlo para entregárselo al presidente del Consejo, había desaparecido. Nadie me creerá. La desaparición de Piquemal no simplifica nada, al contrario. Creerán que he hecho desaparecer de alguna forma a un testigo molesto. Lo único que me habría salvado sería entregarles al ladrón del documento. Yo no podía esperar lograr algo así en cuarenta y ocho horas, ni siquiera con ayuda de usted —añadió, como para justificar su decepción—. ¿Qué cree que debo hacer?

La señora Point intervino, categórica:

—Presentar tu dimisión y volvernos a La Roche-sur-Yon. Los que te conocen sabrán que tú no tienes la culpa. En cuanto a los otros, no te preocupes. Tienes la conciencia tranquila, ¿no?

Maigret posó la mirada sobre el rostro de Anne-Marie y vio cómo se mordía el labio. Comprendió que la joven no pensaba lo mismo que su madre y que para ella una retirada de su padre significaría perder la esperanza.

—¿Usted qué cree?—murmuró Point, vacilante.

Era una responsabilidad con la que el comisario no podía cargar.

—¿Y usted?

—Me da la sensación de que debo resistir. Al menos si queda una pequeña esperanza de descubrir al ladrón.

Era una pregunta indirecta.

—Yo siempre tengo esperanzas —murmuró Maigret—,

hasta el último minuto. Si no, no me haría cargo de ningún caso. Debido a que no estoy familiarizado con la política, he perdido el tiempo en gestiones que pueden parecer inútiles, aunque no estoy muy seguro de que lo sean.

Antes que Point compareciese ante los periodistas, Maigret tenía que devolverle la confianza, o al menos cierta seguridad. Para ello, le pintó una imagen más sencilla de la situación.

—Mire, señor ministro, hemos llegado a un terreno en el que me encuentro más a gusto. Hasta ahora tenía que trabajar, en principio, sin que nadie lo sospechase, lo cual no ha impedido que a lo largo del camino nos hayamos tropezado continuamente con gente de la calle des Saussaies. Ya fuese en el ministerio, en la casa de su secretaria, en la de Piquemal o en la de su jefe de gabinete, mis hombres han estado encontrándose invariablemente con los agentes de la Dirección de Seguridad. Hubo un momento en que me pregunté qué buscaban y si los dos cuerpos de policía no estábamos haciendo una investigación paralela. Ahora me parece que querían simplemente saber qué descubríamos. No eran usted, su secretaria, Piquemal o Fleury los que estaban vigilados, sino yo y mis hombres. Desde que se ha hecho pública oficialmente la desaparición de Piquemal y del informe, la búsqueda de ambos entra en las atribuciones de la policía judicial, porque ha ocurrido en el territorio de París. Un hombre no desaparece sin dejar huellas. Y a un ladrón al final lo atrapan.

—Tarde o temprano —murmuró Point con una triste sonrisa.

Y Maigret, levantándose, dijo, mirándole a los ojos:

—De usted depende aguantar hasta entonces.

—No solo de mí.

—Pero sobre todo de usted.

—Si es Mascoulin el que está detrás de todos estos manejos, no tardará en interpelar al Gobierno.

—A menos que prefiera aprovechar lo que sabe para aumentar su influencia.

Point lo miró, sorprendido.

—¿Está usted al corriente de eso? Creía que no le interesaba la política.

—Esas cosas no ocurren solo en la política, hay otros como él en diferentes terrenos. A mí me parece, y corríjame si me equivoco, que Mascoulin no tiene más que una meta: el poder. Pero es un animal de sangre fría que sabe esperar su turno. De cuando en cuando, desencadena una tempestad en la Cámara o en la prensa para revelar abusos o algún escándalo.

Point escuchaba con renovado interés.

—Así se ha labrado poco a poco una reputación de inexorable enderezador de entuertos. De forma que todos los visionarios, los avinagrados y los revolucionarios del tipo de Piquemal se dirigen a él cuando descubren o creen descubrir alguna cosa que no está muy clara. Supongo que recibe las mismas cartas que recibimos nosotros cuando se ha cometido un crimen misterioso. Nos escriben locos, desequilibrados y maníáticos, y también gente que ve la ocasión de volcar su odio contra un familiar, un viejo amigo o un vecino. Entre todas esas personas, no obstante, hay algunas que nos proporcionan pistas de verdad y sin las cuales un buen número de asesinos estarían aún en la calle. Piquemal, el Solitario, que ha buscado la verdad en todos los par-

tidos extremistas, en todas las religiones, en todas las filoso-
fías, es exactamente el tipo de hombre al que, al descubrir el
informe Calame, ni se le ocurrió la idea de llevarlo a sus su-
periores, porque desconfía de ellos. Se dirigió al enderezador
de entuertos profesional, convencido de que así el informe
escaparía a Dios sabe qué conjura de silencio.

—Si Mascoulin tiene el informe, ¿por qué no lo ha usa-
do aún?

—Por lo que ya le he explicado. Él necesita desencadenar un escándalo periódicamente para mantener su reputación, pero los periódicos sensacionalistas como *La Rumeur*,
que practican el chantaje, no publican toda la información que
poseen. Por el contrario, los asuntos de los que no hablan
son los que les reportan ganancias. El informe Calame es un
bocado muy grande para echárselo de comer a la opinión
pública. Si lo tiene Mascoulin, ¿cuántas personas cree usted
que están a su merced, incluido Arthur Nicoud?

—Muchas. Varias decenas.

—No sabemos si tiene en su poder otros informes Calame de los cuales puede servirse en cualquier momento y que le
permitirán lograr sus fines cuando se sienta lo bastante fuerte.

—Ya había pensado en ello —confesó Point—, y eso es
lo que me asusta. Si es verdad que posee el informe, lo habrá
guardado en un lugar seguro, y me sorprendería que pudié-
ramos encontrarlo. Y si no lo presentamos a la opinión pública, o si no tenemos la prueba formal de que tal persona lo
ha destruido, quedaré deshonrado, porque me acusarán a mí
de haberlo hecho desaparecer.

Maigret vio que la señora Point volvía la cabeza porque
una lágrima se deslizaba por su mejilla. Point la vio también

y perdió por un momento su aplomo mientras Anne-Marie decía:

—¡Mamá!

La señora Point negó con la cabeza, como para decir que no era nada, y salió rápidamente de la sala.

—Ya ve usted —dijo su marido, como si esto no tuviera necesidad de comentarios.

¿Se equivocó entonces Maigret? ¿Se dejó impresionar por la atmósfera dramática que lo rodeaba? Lo cierto es que declaró, como si estuviera seguro de lo que decía:

—No le prometo encontrar el informe, pero sí le prometo que atraparé a la persona que entró en su apartamento y se lo llevó. A eso me dedico.

—¿De verdad lo cree?

—Estoy seguro.

Se puso en pie.

—Bajo con usted —murmuró Point, y dirigiéndose a su hija, dijo—: Corre a repetirle a tu madre lo que acaba de decir el comisario. Eso la calmará.

Rehicieron el camino por los bastidores del ministerio y llegaron al despacho de Point, donde, además de la señorita Blanche, que estaba hablando por teléfono, había un individuo alto y delgado, de cabellos grises, que estaba abriendo el correo.

—Le presento a Jacques Fleury, mi jefe de gabinete… El comisario Maigret.

Este tuvo la impresión de haber visto ya en alguna parte a aquel hombre, sin duda en un bar o en un restaurante. Tenía buen porte, e iba vestido con una elegancia que contrastaba con el desaliño del ministro. Era el tipo clásico que uno encuentra en los bares de los Champs-Élysées acompañado por mujeres bonitas.

Su mano era seca; su apretón, franco. De lejos parecía más joven y enérgico, pues de cerca se descubrían algunos pliegues de cansancio bajo los ojos y, en los labios, una especie de relajamiento que disimulaba sonriendo con nerviosismo.

—¿Cuántos hay? —preguntó Point, señalando hacia la antesala.

—Unos treinta. Han venido también los corresponsales de los periódicos extranjeros. Ignoro cuántos fotógrafos hay. No paran de llegar.

Maigret y el ministro intercambiaron una mirada. Maigret pareció decirle, con un guiño de ojos alentador: «Manténgase firme».

Point le preguntó:

—¿Va a salir por la antesala?

—Ya que va usted a anunciarles que yo me ocupo del caso, no veo inconveniente, sino al contrario.

Sentía sobre él la mirada siempre desconfiada de la señorita Blanche, a la que no había tenido tiempo de juzgar. Ella parecía dudar aún de la opinión que debía forjarse sobre él. No obstante, la calma de su jefe le hacía pensar que la intervención de Maigret era algo positivo.

Cuando el comisario atravesó la antesala, los primeros fotógrafos se le echaron encima y él no hizo nada para escapar. Los reporteros, por su parte, lo asaetearon con sus preguntas.

—¿Se encarga usted del informe Calame?

Él los apartaba sonriendo.

—Dentro de unos instantes el ministro en persona responderá a sus preguntas.

—¿No niega usted que lleva el caso?

—Yo no niego nada.

Algunos lo siguieron por la escalera de mármol con la esperanza de arrancarle alguna declaración.

—Pregunten al ministro —les repetía.

Uno de ellos dijo:

—¿Cree usted que han asesinado a Piquemal?

Era la primera vez que se formulaba claramente esta hipótesis.

—Usted conoce mi respuesta favorita —respondió—: *Yo no creo nada.*

Unos momentos más tarde, tras algún que otro fogonazo más, entró en el coche de la policía judicial, en el que Lapointe, sentado, había empleado el tiempo en leer los periódicos.

—¿Adónde vamos? ¿Al Quai des Orfèvres?

—No. Al bulevar Pasteur. ¿Qué dicen los periódicos?

—Sobre todo hablan de la desaparición de Piquemal. Uno de ellos, no sé cuál, ha ido a entrevistar a la señora Calame, que vive aún en el piso que ocupaba con su marido en el bulevar Raspail. Al parecer es una mujer menudita, con aire decidido, que no se anda con rodeos y que no intentó eludir las preguntas. No leyó el informe, pero recuerda muy bien que su marido, hará unos cinco años, fue a pasar varias semanas a la Alta Saboya y, a su vuelta, tuvo un periodo de gran actividad durante el cual solía quedarse trabajando hasta bien avanzada la noche. «Nunca recibió tantas llamadas telefónicas», dice. «Venían a verlo un montón de personas a las que no conocíamos de nada. Él estaba intranquilo, inquieto. Cuando yo le preguntaba qué le preocupaba, me respondía que su trabajo y sus responsabilidades. En esa época hablaba mucho de responsabilidades. Me parecía que algo lo estaba carcomiendo. Yo ya sabía que estaba enfermo. Un año antes, su médico me dijo que tenía cáncer. Recuerdo que un día dijo con un suspiro: «Dios mío, qué difícil es para un hombre saber dónde está su deber».

Avanzaban por la calle de Vaugirard, donde un autobús los obligaba a ir despacio.

—El artículo ocupa una columna entera —añadió Lapointe.

—¿Qué hizo con los papeles de su marido?

—Los dejó todos colocados en el escritorio, el cual limpia regularmente, como si él siguiera vivo.

—¿Y no ha recibido ella alguna visita últimamente?

—Dos —respondió Lapointe, lanzándole a su jefe una mirada de admiración.

—¿Piquemal?

—Sí. Esa fue la primera, hará aproximadamente una semana.

—¿Lo conocía?

—Bastante bien. Cuando vivía Calame, iba a menudo a pedirle consejo. Ella cree que se dedicaba a las matemáticas. Cuando fue hace una semana, dijo que quería recuperar uno de sus trabajos, que hacía tiempo había prestado al profesor.

—¿Lo encontró?

—Llevaba un maletín. La señora Calame dejó a Piquemal en el despacho, donde este se quedó cerca de una hora. Cuando salió, ella le hizo esa misma pregunta y él contestó que no, que por desgracia sus papeles debían de haberse extraviado. La señora no miró dentro del maletín, porque no desconfiaba de él. Eso fue el día anterior por la mañana…

—¿Quién fue la segunda visita?

—Un hombre de unos cuarenta años que decía ser un antiguo alumno de Calame y que le preguntó si había guardado los archivos de su marido. Mencionó también trabajos que habían realizado juntos.

—¿Le dejó entrar en el despacho?

—No. A ella le pareció que la coincidencia de una segunda visita era un poco extraña y le dijo que todos los papeles de su marido habían quedado en la Escuela de Caminos.

—¿Describe a ese segundo visitante?

—El periódico no lo dice. Si ella describió al hombre, el reportero se guardó la información para sí y probablemente espera continuar la investigación por sí mismo.

—Aparca junto a la acera. Es aquí.

De día, el bulevar era tan apacible como por la noche, con el mismo aire tranquilizador de clase media.

—¿Le espero?

—No. Acompáñame. Puede que tengamos trabajo.

La puerta vidriera de la portería se encontraba a la izquierda al entrar. La portera era una mujer de cierta edad, con aspecto distinguido, que parecía fatigada.

—¿Qué desean? —les preguntó sin levantarse de su sillón, mientras un gato rojizo saltaba de sus rodillas e iba a restregarse contra las piernas de Maigret.

Este se presentó y tuvo buen cuidado de quitarse el sombrero y hablar con tono respetuoso.

—El señor Point me ha encargado una investigación sobre un robo del que sido víctima hace dos días.

—¿Un robo? ¿En esta casa? ¿Y no me ha dicho nada?

—Se lo confirmará cuando tenga ocasión de verla, y si lo duda, basta con que lo telefonee.

—No merece la pena. Usted es el comisario, así que tengo que creerle, ¿no es así? ¿Cómo ha podido ocurrir? Esta casa es muy tranquila. En los treinta y cinco años que llevo aquí, la policía no ha venido ni una vez.

—Querría pedirle que hiciera memoria sobre el martes, en concreto el martes por la mañana.

—El martes… Espere… Eso fue anteayer.

—Sí. El lunes por la noche, el ministro vino a su apartamento.

—¿Eso se lo ha dicho él?

—No solo me lo ha dicho, sino que yo mismo lo vi aquí. Usted en persona me abrió un poco después de las diez de la noche.

—Creo recordarlo. Sí.

—Él debió de salir después de mí.

—Sí.

—¿Abrió usted a alguien más esa noche?

—Desde luego que no. Es raro que los inquilinos vuelvan después de medianoche. Son gente apacible. Si hubiese sucedido, me acordaría.

—¿A qué hora abre el portal por la mañana?

—A las seis y media, a veces a las siete.

—¿Y después se queda en la portería?

Esta constaba solo de una pieza con un hornillo de gas, una mesa redonda, un fregadero y, detrás de una cortina, una cama con colcha roja.

—Salvo cuando barro la escalera.

—¿A qué hora?

—No antes de las nueve. Después de haber subido el correo, que llega a las ocho y media.

—La cabina del ascensor es acristalada, así que supongo que cuando está en la escalera ve quién sube y quién baja…

—Sí. Siempre miro de manera instintiva.

—¿Vio esa mañana si subió alguien al cuarto piso?

—Estoy segura de que no.

—Y durante toda esa mañana, o a primera hora de la tarde, ¿no le preguntó nadie si el ministro estaba en casa?

—Nadie. Pero llamaron por teléfono.

—¿A usted?

—No. Al apartamento.

—¿Cómo lo sabe?

—Porque estaba en la escalera entre el cuarto y el quinto piso.

—¿Qué hora era?

—Quizá las diez… Quizás un poco menos… Mis piernas no me permiten ya trabajar muy deprisa. Oí el timbre del teléfono detrás de la puerta. Estuvo sonando bastante tiempo. Un cuarto de hora después, cuando acabé la limpieza y bajé, llamaron de nuevo. Recuerdo que murmuré: «No para de sonar».

—¿Y después?

—Nada.

—¿Volvió a la portería?

—Para adecentarme un poco.

—¿No salió del inmueble?

—Un cuarto de hora o veinte minutos, poco más o menos, como cada mañana, el tiempo de hacer la compra. La tienda de ultramarinos está al lado; el carnicero, justo en la esquina. Desde casa del tendero veo quién entra y quién sale. Siempre estoy vigilando.

—¿Y desde la carnicería?

—Desde allí no puedo, pero no me quedo mucho. Vivo sola con mi gato. Compro lo mismo casi todos los días. A mi edad ya no se tiene mucho apetito…

—¿No sabe a qué hora exacta estaba usted en la carnicería?

—Exactamente, no. Hay un gran reloj encima de la caja, pero no lo miro nunca.

—Cuando volvió, ¿no vio salir a alguien al que no hubiera visto entrar?

—No recuerdo. No. Me ocupo menos de las personas que salen que de las que entran, salvo en el caso de los inquilinos, claro, porque de ellos debo responder si están en casa o no. Siempre vienen cobradores, empleados del gas, vendedores de aspiradoras…

Maigret sabía que no sacaría más en limpio y que si acaso más tarde le viniera a la memoria algún detalle, la mujer no dejaría de decírselo.

—El inspector y yo vamos a hablar con sus inquilinos —dijo Maigret.

—Como usted quiera. Verá como son buenas personas, salvo quizá, la vieja del tercero, que…

El simple hecho de volver a un trabajo rutinario le daba más aplomo a Maigret.

—Antes de irnos nos pasaremos a verla otra vez —prometió.

Al salir tuvo cuidado de acariciarle la cabeza al gato.

—Tú encárgate de los apartamentos de la izquierda —le dijo después a Lapointe—. Yo me encargaré de los de la derecha. ¿Entiendes lo que estoy buscando? —Y añadió con tono familiar—: Al tajo, muchacho.

6

El almuerzo en el Filet de Sole

Antes de llamar a la primera puerta, cambió de idea y se volvió hacia Lapointe, que ya tendía la mano hacia el timbre.

—¿No tienes sed?

—No, jefe.

—Tú ve empezando. Vuelvo en un momento.

En realidad, podría haber hecho en la portería la llamada telefónica que se le acababa de ocurrir, pero, además de que prefería hablar sin testigos, pensó que no le importaría beber alguna cosa, un vasito de vino blanco, por ejemplo.

Tuvo que recorrer unos cien metros para encontrar una diminuta taberna donde no había ni un alma.

—Un vino blanco —pidió, pero cambió de idea—: Mejor un pernod.

Esto armonizaba mejor con tiempo y con el olor de aquel pequeño bar, donde daba la impresión de que nunca iba nadie y donde se respiraba limpieza.

Esperó a que le sirvieran y a haber bebido la mitad de su vaso antes de dirigirse a la cabina telefónica.

Cuando se lee en los periódicos el relato de una investigación, se tiene la impresión de que la policía sigue una línea recta, que sabe adónde va, desde el principio los sucesos se encadenan con lógica, como las entradas y salidas de los personajes de una obra de teatro bien dirigida.

Raramente se habla de las idas y venidas inútiles, de las investigaciones minuciosas en direcciones que terminan en callejones sin salida, de los golpes dados al azar a izquierda y derecha.

Maigret no recordaba una sola investigación en la cual no hubiera pisado terreno falso en algún momento.

Esa mañana no había tenido tiempo de ponerse al día, en la policía judicial, con Lucas, Janvier y Torrence, a los que la víspera había encargado unas misiones que en aquel instante parecían sin importancia.

—¿Policía judicial? ¿Puedes ponerme con Lucas? Si no está, ponme con Janvier.

Fue la voz de Lucas la que oyó al otro lado de la línea.

—¿Es usted, jefe?

—Sí. Antes de nada, ¿puedes tomar nota de un trabajo urgente? Tienes que conseguir una fotografía de Piquemal, el tipo de la Escuela de Caminos. Es inútil buscar en su habitación de la pensión. No hay. Me sorprendería que en la escuela no hubiese una foto de grupo de las que se suelen hacer a final de curso, y de la cual los de la policía científica puedan sacar alguna cosa. Que trabajen lo más deprisa posible. Todavía hay tiempo de que la foto aparezca en los periódicos de la tarde. Que se la envíen también a toda la policía. Para no descuidar nada, echa también un vistazo al Instituto Forense.

—Comprendido, jefe.

—¿Alguna novedad?

—He encontrado a la tal Marcelle, que se llama Marcelle Luquet.

En su fuero interno, Maigret había desechado ya esa vía de investigación, pero no quiso darle a Lucas la impresión de que había trabajado en vano.

—¿Y bien?

—Trabaja como correctora de pruebas en la imprenta Croissant, donde forma parte del equipo de noche. Allí no se imprimen ni *La Rumeur* ni *Le Globe*. Ha oído hablar de Tabard, pero no lo conoce en persona. Nunca ha visto a Mascoulin.

—¿Hablaste con ella?

—La invité a un café expreso en la calle de Montmartre. Es una buena mujer. Vivió sola hasta que encontró a Fleury y se enamoró. Todavía está enamorada de él. No lo culpa por haberla abandonado, y si mañana él quisiese volver con ella, lo acogería sin un reproche. En su opinión, es un niño grande que necesita ayuda y afecto. Dice que aunque es capaz de pequeñas travesuras, como hacen los niños, es incapaz de hacer algo verdaderamente deshonesto.

—¿Está Janvier por ahí?

—Sí.

—Dile que se ponga.

Janvier no tenía nada que contarle. Había estado haciendo guardia frente a la casa de la calle Vaneau hasta que, hacia la medianoche, Torrence había acudido a relevarlo.

—Blanche Lamotte volvió sola, a pie, hacia las once de la noche y subió a su piso, donde la luz permaneció encendida alrededor de una hora.

—¿No había nadie de la calle des Saussaies por los alrededores?

—Nadie. Pude contar a las personas que volvían por la calle del cine o del teatro.

Torrence había tenido una guardia aún más tranquila. En toda la noche no había visto más que siete transeúntes en la calle Vaneau.

—La luz se encendió a las seis de la mañana. Supongo que se levanta pronto para arreglar la casa. Salió a las ocho y diez y se dirigió hacia el bulevar Saint-Germain.

Maigret fue a la barra a terminarse su pernod y, como había sido ligero, se tomó otro mientras llenaba la pipa.

Cuando volvió al edificio del bulevar Pasteur, oyó que Lapointe estaba en el tercer apartamento y empezó pacientemente con la parte que le había tocado.

A veces se tarda mucho en interrogar a la gente. A aquella hora, los dos hombres no encontraron más que amas de casa entregadas a sus tareas domésticas. Su primer impulso era cerrar la puerta, pues los tomaban por vendedores de algún aparato o por agentes de seguros. Al oír la palabra «policía», todas experimentaban el mismo sobresalto.

Al hablar con ellas, tenían siempre la mente en otra cosa, en lo que había en el fuego, en el bebé que jugaba en el suelo, en el aspirador eléctrico que seguía funcionando en vacío. Algunas se sentían incómodas de que las viesen en camisón y se arreglaban sin cesar el pelo con un gesto maquinal.

—Intente acordarse del martes por la mañana.

—El martes, sí…

—¿Abrió usted la puerta entre las diez y las doce, por ejemplo?

La primera a la que Maigret interrogó no estaba el martes en su casa, sino en el hospital, donde habían operado a su hermana. La segunda, joven, con un niño a la cadera, confundía sin parar el martes con el miércoles.

—Estaba aquí, sí. Siempre estoy aquí por la mañana. Hago la compra por la tarde, cuando vuelve mi marido.

—¿Abrió usted la puerta?

Con una paciencia infinita, era preciso introducirlas poco a poco en el ambiente del martes por la mañana.

Si les hubiera preguntado súbitamente: «¿Vio usted en el ascensor o en la escalera a una persona desconocida que subía al cuarto piso?», habrían contestado de buena fe que no, sin tomarse la molestia de reflexionar.

En el tercer piso, Maigret alcanzó a Lapointe, porque no encontró a nadie en el segundo izquierda.

Los inquilinos, a imagen y semejanza del edificio, vivían, tras las puertas de sus casas, pequeñas vidas familiares que parecían carecer de historia. De uno a otro piso variaba el olor, el color del papel, pero todo pertenecía a la misma clase laboriosa y honesta, a la que la policía siempre asusta un poco.

Maigret estaba a la brega con una vieja sorda que no lo invitó a pasar y que le hacía repetir cada pregunta. Oía a Lapointe a su espalda hablando tras la puerta de enfrente.

—¿Por qué iba yo a abrir a nadie? —gritaba la sorda—. ¿Es que esa arpía de portera me acusa de espiar a los vecinos?

—No, señora. Nadie la acusa de nada.

—Entonces ¿por qué viene la policía a interrogarme a mi casa?

—Queremos averiguar si un hombre…

—¿Qué hombre?

—Un hombre al que no conocemos pero al que estamos buscando.

—¿Qué es lo que busca usted?

—A un hombre.

—¿Qué es lo que ha hecho?

Intentaba aún hacerse comprender cuando la puerta de enfrente se abrió. Lapointe le hizo una seña a Maigret para indicarle que había algo nuevo, y el comisario se despidió bruscamente de la contrariada mujer.

—Le presento a la señora Gaudry, jefe. Su marido trabaja en el bulevar des Italiens. Tiene un hijo de cinco años.

Maigret lo vio detrás de su madre, agarrado con ambas manos al vestido de esta.

—Algunas veces, por la mañana, envía al niño a alguna tienda del barrio, pero solo a las que están en este lado del bulevar.

—No le dejo que cruce solo la calle. Siempre tengo la puerta entreabierta cuando está fuera. Y por eso el martes…

—¿… oyó subir a alguien?

—Sí. Estaba esperando a Bob. Hubo un momento en que creí que era él. La mayoría de la gente sube en ascensor, pero yo no le dejo aún.

—Yo podría —afirmó el muchacho—. Ya lo puse en marcha una vez.

—Y te castigué. Eché un vistazo rápido justo cuando un hombre llegaba al descansillo y subía hacia el cuarto piso.

—¿Qué hora era?

—Sobre las diez y media. Acababa de poner el guiso en el fuego.

—¿Le dijo algo ese hombre?

—No. Primero solo le vi la espalda. Llevaba un abrigo beis, bastante ligero, quizás una gabardina, no puse mucha atención. Tenía la espalda ancha y el cuello bastante grueso.

Dirigió una mirada al cuello de Maigret.

—¿Era gordo como yo?

Ella dudó y enrojeció.

—No exactamente. Era más joven. Calculo que tendría unos cuarenta años. Le vi la cara cuando llegó al recodo y él me lanzó una mirada y no pareció que le gustara mucho que yo estuviese allí.

—¿Se detuvo en el cuarto piso?

—Sí.

—¿Llamó a alguna puerta?

—No. Entró en el apartamento del señor Point, aunque le llevó un tiempo abrir.

—¿Como si probara con varias llaves?

—No sabría decirle. Más bien como si no estuviera familiarizado con la cerradura.

—¿Lo vio salir?

—No, porque para bajar tomó el ascensor.

—¿Mucho tiempo después?

—Menos de diez minutos.

—¿Se quedó usted todo ese tiempo en el descansillo?

—No. Pero Bob no había vuelto todavía y la puerta estaba entreabierta. Oí el ascensor que subía, se paraba en el cuarto piso y luego bajaba.

—Además de su corpulencia, ¿podría describírnoslo?

—Es difícil. Tenía buen color, como una persona que come bien.

—¿Llevaba gafas?

—Creo que no. No, estoy segura.

—¿Fumaba una pipa? ¿Un cigarrillo?

—No… Espere… Estoy casi segura de que estaba fumando un puro… Eso me extrañó, porque mi cuñado…

Aquello se correspondía, aparte del puro, con la descripción que había hecho el bodeguero de la calle Jacob del hombre que había abordado a Piquemal. Quizá también se correspondía con la del desconocido que había subido en la calle Vaneau a casa de la señorita Blanche.

Unos minutos más tarde, Maigret y Lapointe se encontraban en la acera.

—¿Adónde vamos?

—Déjame en el Quai des Orfèvres. Tú vete ahora mismo a la calle Vaneau y a la calle Jacob para enterarte de si por casualidad el hombre fumaba un puro.

Cuando entró en su oficina, Lucas ya tenía una fotografía en la cual Piquemal figuraba, por desgracia, en segundo plano, pero que era lo bastante clara para que los especialistas de la policía científica sacaran alguna cosa.

Se hizo anunciar al director de la policía judicial y lo puso al corriente de todo en una media hora.

—Esto ya me gusta más —suspiró el jefe cuando hubo acabado.

—A mí también.

—Estaré más tranquilo cuando sepamos quién es ese tipo, si es que algún día lo sabemos.

Los dos tenían el mismo pensamiento latente y preferían no hablar de ello: ¿era posible que el individuo cuya pista encontraban por tercera vez fuese un hombre de la calle des Saussaies?

Maigret tenía buenos amigos allí, sobre todo uno llama-do Catroux, a cuyo hijo había llevado a la pila bautismal. Dudaba en dirigirse a él, pues si Catroux sabía algo, Maigret corría el riesgo de ponerlo en un aprieto.

La fotografía de Piquemal iba a aparecer en los periódicos de la tarde. ¿No sería irónico que lo que buscaba la policía judicial se encontrase en manos de la Dirección General de Seguridad?

Quizás esta lo había retirado temporalmente de la circu-lación porque sabía demasiado.

O quizá lo habían llevado a la calle des Saussaies para interrogarlo.

Los periódicos iban a anunciar que la policía judicial, y Maigret en particular, llevaba el caso.

Sería una táctica legítima para la Dirección General de Seguridad dejar que Maigret lanzase su ofensiva y, al cabo de unas horas, anunciar que le había echado el guante a Pi-quemal.

—Y usted cree, naturalmente, que Point obra de buena fe y no le oculta nada…

—Lo juraría.

—¿Y los que lo rodean también?

—Eso me parece. Me he informado sobre cada uno de ellos. No conozco toda su vida, desde luego, pero lo que sé no me hace pensar que haya que buscar en otra parte. La carta que le he enseñado…

—¿Es de Mascoulin?

—Está mezclado en el asunto, sin duda. La carta lo de-muestra.

—¿Qué va a hacer usted?

—Aunque no adelante nada con ello, necesito verlo un poco más de cerca, no sé por qué. Para ello solo tengo que ir a almorzar al Filet de Sole, en la plaza des Victoires, donde dicen que tiene su sede.

—Lleve cuidado.

—Sí.

Pasó por el despacho de los inspectores para dar algunas instrucciones. Lapointe acababa de regresar.

—¿Y bien? ¿El puro?

—Es curioso que sea una mujer la que haya advertido ese detalle. El dueño del bar es incapaz de decir si el hombre fumaba pipa, puro o cigarrillo. A pesar de que estuvo en su bar más de un cuarto de hora. Más bien se inclinaría por el puro. La portera de la señorita Blanche, sin embargo, es categórica.

—¿Fumaba puro?

—No. Un cigarrillo. Tiró una colilla en la escalera y la aplastó con el zapato.

Era la una cuando Maigret entró en el famoso restaurante de la plaza des Victoires con cierta pequeña sensación desagradable en el pecho, pues cuando uno no es más que un funcionario no es prudente medirse con alguien como Mascoulin.

No tenía contra él más que una pequeña carta que el diputado podía explicar de cien formas plausibles. Y en aquel lugar Mascoulin estaba en su terreno. Maigret parecía un intruso, y el *maître* vio avanzar al comisario hacia él sin esforzarse por darle la bienvenida.

—¿Tiene una mesa?

—¿Cuántas personas son?

—Yo solo.

La mayoría de las mesas estaban ocupadas, y se oía el murmullo de las conversaciones acompañado del entrechocar de los cubiertos y el tintineo de los vasos. El *maître* miraba a su alrededor y se acercó a una mesa más pequeña que las otras, colocada junto a la puerta giratoria.

Había otras tres mesas libres, pero si el comisario se las hubiera mencionado, el otro probablemente le habría respondido que estaban reservadas, lo cual era muy posible.

La señora del guardarropa, a un signo del *maître*, acabó por acercarse y llevarse su abrigo y su sombrero.

Después Maigret tuvo que esperar bastante a que se ocuparan de su pedido, así que le dio tiempo de echar una ojeada a toda la sala.

El restaurante lo frecuentaban personas importantes, y a la hora de la comida no se veían más que financieros, abogados famosos, periodistas, políticos, todos los cuales se movían en la misma atmósfera y se dirigían de lejos señas de reconocimiento.

Algunos habían reconocido al comisario y en algunas mesas debían de estar hablando de él en voz baja.

Joseph Mascoulin estaba sentado en la esquina de la derecha, en el banco, en compañía de Pinard, un abogado casi tan famoso como el propio diputado por la ferocidad que ponía en sus alegatos.

Un tercer comensal le daba la espalda a Maigret, un hombre de cierta edad, de espalda estrecha, con cabello gris y escaso, aplastado sobre el cráneo. Cuando Maigret pudo verlo de perfil, reconoció a Sauvegrain, el cuñado y socio de Nicoud, cuya fotografía había visto en los periódicos.

Mascoulin, que estaba comiendo un entrecot, ya había visto a Maigret y tenía la mirada fija sobre él, como si no hubiera otra cosa interesante en la sala. Primero hubo curiosidad en sus ojos, después se encendió una pequeña llama de ironía y ahora parecía muy divertido esperando los siguientes movimientos del comisario.

Este pudo al fin componer su menú, pidió media botella de Pouilly y continuó fumando su pipa en pequeñas chupadas y sosteniendo la mirada fija del diputado. La diferencia entre ambos estaba en que, como siempre en casos como aquel, los ojos de Maigret parecían vacíos. Se habría podido creer que lo que miraba de esa manera era algo tan neutro y carente de interés como una pared en blanco y que solo pensaba en el lenguado de Dieppe que acababa de pedir.

Distaba de conocer la historia completa de Nicoud y de su empresa. Según los rumores, Sauvegrain, su cuñado, que hasta el matrimonio con la hermana de aquel, diez años antes, había sido un jornalero desconocido, no formaba parte de la sociedad más que de nombre. Ocupaba un despacho en la avenida de la République, no muy lejos del de Nicoud. Este despacho era amplio y suntuoso, y Sauvegrain pasaba en él los días esperando las visitas poco importantes que le enviaban para que se ocupase en algo.

Si Mascoulin lo acogía abiertamente en su mesa, debía de tener sus razones. ¿Estaba quizás allí el abogado Pinard porque defendía los intereses de Sauvegrain?

Un director de periódico, al salir, se detuvo ante Maigret y le estrechó la mano.

—¿De servicio? —le preguntó, y como el comisario fingiera no entender—: No creo haberle visto nunca por aquí.

—Su mirada se dirigió hacia el rincón de Mascoulin—. No sabía que la policía judicial se ocupaba de esa clase de asuntos. ¿Han encontrado a Piquemal?

—Todavía no.

—¿Aún están buscando el informe Calame?

Esto lo dijo en un tono malicioso, como si el informe Calame no existiera más que en la imaginación de algunas personas, o como si el comisario no fuese a encontrarlo jamás.

—Seguimos buscando —se contentó con responder Maigret.

El periodista abrió la boca, no dijo lo que tenía ganas de decir y, tras un cordial apretón de manos, salió. En el quicio de la puerta, casi se tropezó con recién llegado, al que Maigret no habría visto probablemente de no haber seguido con los ojos a su interlocutor.

El hombre, en el momento de empujar la segunda puerta, vio al comisario a través de los cristales y su rostro experimentó cierta confusión. Normalmente habría saludado a Maigret, al que conocía desde hacía varios años. Estuvo a punto de hacerlo; miró titubeante a la mesa de Mascoulin y, esperando quizá que Maigret no lo hubiera reconocido aún, se dio la vuelta de golpe y desapareció.

Mascoulin, desde su rincón, no se había perdido nada de la escena, aunque nada se reflejó en su rostro de jugador de póquer.

¿Qué venía a hacer Maurice Labat al Filet de Sole, y por qué se había batido en retirada al ver a Maigret?

Labat había pertenecido durante unos diez años a una sección de la calle des Saussaies, y hubo una época (bastante breve, es verdad) en que se decía que tenía influencia sobre el ministro.

Un día se supo, en primer lugar, que había presentado su dimisión, y después que no lo había hecho de muy buena gana, sino para evitarse problemas más serios.

A partir de entonces, se lo había visto operando al margen de la gente que frecuenta lugares como el Filet de Sole. A diferencia de lo que hacen muchos en su caso, no abrió una agencia de investigación privada. No se le conocía profesión ni recursos que pudiera reconocer. Además de su mujer y sus hijos, tenía, en un apartamento de la calle Ponthien, una amante veinte años más joven que debía de costarle bastante.

Maigret estaba olvidando saborear su lenguado de Dieppe como merecía, pues el incidente Labat le había dado que pensar.

¿No era lógico pensar que aquel expolicía iba al Filet de Sole a ver a Mascoulin?

Labat era uno de esos hombres a los que se podía encargar ciertos trabajos más o menos turbios, y debía de haber conservado amigos en la calle des Saussaies.

Al batirse en retirada, ¿esperaba que Maigret no hubiera tenido tiempo de reconocerlo? ¿Le había hecho Mascoulin, al que el comisario no podía ver en aquel momento, señas para que no entrase?

Si Labat hubiera tenido unos cuarenta años y cierta robustez y hubiese fumado puros, el comisario habría estado convencido de que acababa de descubrir al hombre que había ido al bulevar Pasteur y a la calle Vaneau y había secuestrado a Piquemal.

Pero Labat tenía treinta y seis años escasos. Era corso, y se le notaba. Pequeño y delgado, con zapatos de tacón grueso para parecer más alto y mostachos oscuros con guías. Además, fumaba cigarrillos de la noche a la mañana, como atestiguaban sus dedos amarillentos.

Su aparición, sin embargo, orientó la mente de Maigret en una nueva dirección, y se reprochó haberse dejado hipnotizar por la calle des Saussaies.

Labat había formado parte de esta, pero ya no. Había docenas de policías como él en París, de los cuales había tenido que desembarazarse la Dirección General de Seguridad por razones parecidas.

Maigret se propuso obtener una lista de todos ellos. Estuvo a punto de llamar en el acto a Lucas para que se la consiguiese, y si no lo hizo, por extraño que parezca, fue porque no se atrevía a atravesar la sala bajo la burlona mirada de Mascoulin.

Este, que no había tomado postre, estaba con el café. Maigret no pidió postre tampoco, sino un café y un aguardiente, y empezó a llenar su pipa mientras recordaba los rostros que había conocido de la calle des Saussaies. Se sentía un poco como cuando tratamos de dar con un nombre que tenemos en la punta de la lengua y del que no logramos acordarnos.

Desde que había oído hablar del hombre corpulento, y sobre todo del asunto del puro, algo se había removido en su memoria.

Estaba tan absorto en sus pensamientos, que apenas vio que Mascoulin se levantaba, limpiándose los labios con la servilleta, y dirigía unas palabras a sus compañeros. Más exactamente, lo vio levantarse, mover la mesa para pasar y, por último, avanzar hacia él con paso tranquilo, como si aquello no le incumbiera.

—¿Me permite, comisario? —dijo Mascoulin, apoyándose en el respaldo de la silla que había frente a Maigret.

Estaba serio, y solo había un temblor en la comisura de los labios que quizá no era más que un tic nervioso.

Por unos momentos, Maigret se quedó desconcertado. No se esperaba aquello. Nunca antes había oído la voz de Mascoulin, que era grave y tenía un timbre agradable. Se decía que esa voz era la causa de que algunas mujeres, a pesar de su rostro poco atractivo de gran inquisidor, se pelearan por los sitios en la Cámara cuando iba a pronunciar un discurso.

—Curiosa coincidencia que haya venido usted aquí hoy… Iba a llamarle por teléfono.

Maigret permaneció impasible, esforzándose por hacerle la tarea más difícil, pero al diputado no parecía desconcertarlo el silencio.

—Me acabo de enterar de que es usted quien lleva el caso de Piquemal y del informe Calame.

Hablaba a media voz a causa de los otros comensales, y en muchas de las mesas las miradas convergían en ellos.

—No solo tengo importante información que transmitirle, sino que me parece que debería hacer una declaración oficial. ¿Puede usted enviarme cuanto antes a uno de sus inspectores a la Cámara para tomar nota de ello? Cualquiera le dirá dónde puede encontrarme.

Maigret seguía sin decir nada.

—Se trata de Piquemal, con el que estuve en contacto la semana pasada.

Maigret tenía en el bolsillo la carta de Mascoulin, y empezaba a comprender por qué este sentía la necesidad de hablar con él.

—No recuerdo exactamente qué día, mi secretario me dio a leer una de las numerosas cartas que recibo cotidianamente y que él se encarga de contestar. Estaba firmada por Piquemal y llevaba la dirección de una pensión de la calle Jacob cuyo nombre no recuerdo, el nombre de una provincia, si no me equivoco.

Sin dejar de mirarle, Maigret bebió un trago de café y se puso a fumar su pipa a pequeñas caladas.

—Todos los días, como se puede usted imaginar, recibo cientos de cartas de gente de todo tipo, locos, medio locos, personas honradas que me indican dónde se cometen abusos, y la tarea de mi secretario, un joven que vale mucho y en quien tengo plena confianza, consiste en separar el grano de la paja.

¿Por qué razón se preguntaría Maigret, mientras examinaba el rostro de su interlocutor, si Mascoulin era homosexual? Nunca había oído rumores al respecto. Si lo era, lo ocultaba cuidadosamente. Al comisario le pareció que eso explicaría algunos rasgos de su carácter.

—La carta de Piquemal me pareció sincera, y estoy seguro de que usted tendrá la misma impresión si la logro encontrar, pues considero un deber enviársela. Me decía que él era el único hombre de París que sabía dónde se encontraba el informe Calame y que estaba en disposición de apoderarse de él. Añadía que prefería dirigirse a mí antes que a un organismo oficial, pues sabía que había muchas personas con interés en silenciar el asunto y que yo era el único en el que podía depositar toda su confianza. Lamento tener que repetirle estos términos. Le envié unas líneas para concertar un encuentro, sin darle mayor importancia.

Tranquilamente, Maigret sacó la cartera del bolsillo, extrajo de esta la carta con el membrete de la Cámara y se limitó a enseñársela, sin tendérsela por encima de la mesa, a pesar del gesto de Mascoulin para cogerla.

—¿Esta carta?

—Supongo que sí. Me parece reconocer mi letra.

No preguntó cómo había llegado la carta a manos de Maigret; evitó mostrar la menor sorpresa y dijo:

—Veo que está usted al corriente. Me encontré, pues, con Piquemal en la cervecería Croissant, que no está muy lejos de la imprenta, y donde a veces cito a la gente. Me parecía un poco exaltado, un poco faccioso para mi gusto. Lo dejé hablar.

—¿Le dijo que tenía el informe?

—No exactamente. Esa clase de hombres no se comportan tan a la ligera. Necesitan rodearse de una atmósfera de conjura. Me dijo que trabajaba en la Escuela de Caminos, que había sido ayudante del profesor Calame y que creía saber dónde se encontraba el informe que este redactó en otro tiempo acerca del sanatorio de Clairfond. La entrevista no duró más de diez minutos, pues yo tenía que revisar las pruebas de mi artículo.

—¿Le llevó Piquemal después el informe?

—No lo volví a ver. Me propuso llevármelo el lunes o el martes, el miércoles como muy tarde. Yo le dije que, por razones que usted comprenderá, no quería tenerlo en mis manos. Ese informe es dinamita, hoy lo hemos comprobado.

—¿A quién le aconsejó que se lo entregara?

—A sus jefes.

—Es decir, ¿al director de la Escuela de Caminos?

—Creo que no se lo precisé. Quizá pronuncié la palabra «ministerio», que se me vino a la cabeza de una forma natural.

—¿No intentó él llamarle por teléfono?

—Que yo sepa, no.

—¿Ni verle?

—Si lo intentó, no lo consiguió, pues, como ya le he dicho, no tuve más noticias suyas hasta que apareció en los periódicos. Parece que siguió mi consejo, aunque de forma un tanto exagerada, porque fue directamente al ministro. En cuanto oí que había desaparecido, me prometí ponerle a usted al corriente del incidente. Ya está hecho. Dadas las posibles repercusiones del asunto, prefiero que mi declaración quede debidamente registrada. Así pues, esta tarde…

No se podía hacer otra cosa. Maigret estaba obligado a enviarle a alguien para que tomase nota de su declaración. Estaba seguro de que el inspector lo encontraría rodeado de colegas y periodistas. ¿No sería eso una forma de acusar a Auguste Point?

—Se lo agradezco —se limitó a murmurar—. Haré lo necesario.

Mascoulin pareció un poco desconcertado, como si esperase otra cosa. ¿Había creído que el comisario le haría preguntas embarazosas o que manifestaría de alguna forma su incredulidad?

—No hago más que cumplir con mi deber. De haber previsto que los acontecimientos tomarían este rumbo, le habría hablado de ello antes.

Causaba siempre la impresión de estar representando una comedia, e incluso se habría dicho que no intentaba ocultarlo. Parecía decir: «Soy más listo que tú. ¡A ver qué respondes a eso!».

¿Se había equivocado Maigret? Desde cierto punto de vista, sí, pues al medirse con un hombre tan poderoso y astuto como Mascoulin, no tenía nada que ganar sino, al contrario, todo que perder.

Este, en pie, le tendía la mano. El comisario, como en un destello, se acordó de Point y de la historia de las manos sucias.

No se tomó el tiempo de sopesar los pros y los contras, cogió la taza de café, que estaba vacía, y se la llevó a los labios, ignorando así la mano que se le ofrecía.

Los ojos del diputado se ensombrecieron. El ligero temblor de la comisura de los labios, lejos de desaparecer, se acentuó.

Se limitó a pronunciar:

—Adiós, *señor* Maigret.

¿Había enfatizado ese «señor», como le pareció a Maigret? Si era así, constituía una amenaza apenas velada, pues quería decir que Maigret no disfrutaría durante mucho tiempo de su título de comisario.

Lo siguió con la vista mientras volvía a su mesa y se inclinaba sobre sus compañeros, y llamó maquinalmente:

—Camarero. La cuenta, por favor.

Al menos diez personas que, por una razón u otra, desempeñaban un papel importante en la vida del país, tenían la mirada fija sobre él.

Debió de beber su cerveza sin darse cuenta de ello, pues ya fuera notó el sabor en la boca.

7

Los taxis del comisario

No era la primera vez que hacía una de esas entradas, menos como jefe que como amigo. Abrió la puerta del despacho de los inspectores, fue a sentarse en el extremo de una mesa mientras se echaba el sombrero hacia atrás, vació su pipa en el suelo golpeándola contra el tacón y empezó a llenarla de nuevo. Estaban ocupados en diversos trabajos y él los miró de uno en uno, con la expresión de un padre de familia que vuelve por la noche a su casa, contento de encontrarse entre los suyos y les pasa revista.

Dejó pasar cierto tiempo antes de murmurar:

—Apostaría a que vas a ver tu fotografía en los periódicos, mi pequeño Lapointe.

Este levantó la cabeza, esforzándose por no enrojecer, con cierta incredulidad en la mirada. En el fondo, todos ellos, excepto Maigret, que ya estaba acostumbrado, se sentían secretamente encantados cuando los periódicos publicaban sus fotografías. Cada vez, no obstante, fingían quejarse: «Con esta publicidad ahora va a ser difícil vigilar y pasar inadvertido».

Los demás también escuchaban. Si Maigret había ido a

hablar con Lapointe al despacho común, es que tenía algo que decirle que también iba dirigido a los demás.

—Coge un cuaderno de taquigrafía y vete a la Cámara. Estoy seguro de que no tendrás ninguna dificultad en encontrar al diputado Mascoulin, y me sorprendería que no lo encontrases en medio de un impresionante acompañamiento. Te hará una declaración que anotarás cuidadosamente. Luego vienes, la mecanografías y la dejas sobre mi mesa.

Los periódicos de la tarde asomaban por su bolsillo, con la fotografía de Auguste Point y la suya en primera plana. No les había echado más que una ojeada. Sabía más o menos con exactitud lo que se podía leer en sus grandes titulares.

—¿Eso es todo? —preguntó Lapointe mientras iba al perchero a coger su abrigo y su sombrero.

—De momento, sí.

Maigret se quedó allí fumando, abstraído.

—Decidme, muchachos…

Los inspectores levantaron la cabeza.

—… intentad acordaros de personas de la calle des Saussaies a las que despidieron o que se vieron obligadas a pedir su dimisión.

—¿Hace poco? —preguntó Lucas.

—Poco importa cuándo. Pongamos que en los diez últimos años.

Torrence dijo:

—Debe de haber una lista.

—Dime nombres.

—Baudelin. El que ahora hace investigaciones para una compañía de seguros.

Maigret intentó acordarse de Baudelin, un muchacho alto y pálido que dejó la Dirección General de Seguridad no por deshonestidad o por alguna falta de discreción, sino porque ponía más energía y astucia en hacerse el enfermo que en hacer su trabajo.

—Otro.

—Falconet.

Este tenía más de cincuenta años y le rogaron que adelantase la fecha de su retiro porque se había dado a la bebida y era imposible contar con él.

—Otro.

—Valencourt.

—Muy bajito.

Contrariamente a lo que habían creído, solo se les ocurrían unos pocos nombres, y Maigret, cada vez que recordaba la silueta de la persona en cuestión, negaba con la cabeza.

—Eso no me vale. Necesito un tipo corpulento, casi tanto como yo.

—Fischer.

Se oyó un estallido de risas general, pues este pesaba lo menos ciento veinte kilos.

—Gracias —gruñó Maigret.

Se quedó un rato más con ellos y finalmente se puso en pie con un suspiro.

—Lucas, ¿puedes llamar a la calle des Saussaies y ponerme con Catroux?

Ahora que solo le preocupaban los inspectores que habían abandonado la Dirección General de Seguridad, ya no sentía que le estuviera pidiendo a su amigo que traicionase a su cuerpo policial. Catroux, que desde hacía más de veinte años trabajaba en la calle des Saussaies, estaba en mejor situación que la policía judicial para responder a su pregunta.

Se notaba que el comisario tenía una idea, pero todavía vaga y aún no se sostenía por completo. Por su expresión falsamente huraña, por sus ojos muy abiertos que se posaban sobre las personas sin verlas, podía comprenderse que ya sabía en qué dirección buscar.

Se esforzaba por recordar ese nombre que tenía en la punta de la lengua. Lucas llamó por teléfono y habló con familiaridad con alguien al otro lado de la línea que debía de ser su amigo.

—Catroux no está, jefe.

—¿No irás a decirme que está en una misión en el otro extremo de Francia?

—No. Está enfermo.

—¿En el hospital?

—No. En su casa.

—¿Has preguntado su dirección?

—Creí que la sabría usted.

En efecto, Catroux y él eran buenos amigos. Pero nunca habían ido el uno a casa del otro. Maigret recordaba solamente que una vez había dejado a su colega en su portal, que estaba en el bulevar des Batignolles, bastante arriba, a la izquierda, y que había un restaurante a la derecha del portal.

—¿Ha aparecido la fotografía de Piquemal?

—En segunda página.

—¿No ha telefoneado nadie acerca de él?

—Todavía no.

Pasó por su despacho, abrió algunas cartas, sin sentarse, le llevó a Torrence los papeles que le correspondían y finalmente bajó al patio de entrada, donde no se decidió a utilizar uno de los coches de la policía judicial. Al fin se decidió por un taxi. Aunque su visita a Catroux fuese de todo punto inocente, le pareció más prudente no aparcar ante su puerta un coche del Quai des Orfèvres.

Primero se equivocó de casa, ya que ahora había dos restaurantes a cincuenta metros uno del otro. Preguntó a la portera.

—¿El señor Catroux?

—Segundo derecha. El ascensor está en reparación.

Llamó. No se acordaba de la señora Catroux, que vino a abrirle la puerta y que lo reconoció enseguida.

—Entre, señor Maigret.

—¿Su marido está en la cama?

—No. En un sillón. No es más que una mala gripe. Suele pasar una al principio de cada invierno. Esta le ha cogido al final.

En las paredes había retratos a diferentes edades de sus dos hijos, una niña y un niño. Ahora, no solo estaban casados, sino que había fotografías de bebés que empezaban a aumentar la colección.

—¿Es Maigret? —preguntó la voz alegre de Catroux antes de que el comisario llegase a la puerta de la habitación.

No era un salón, sino una gran sala donde claramente se desarrollaba la mayor parte de la vida de la casa. Catroux, envuelto en una gruesa bata, estaba sentado cerca de la ventana, con periódicos en las rodillas, otros en una silla a su lado y un cuenco de tisana en una mesita. En la mano sostenía un cigarrillo.

—¿Te permiten fumar?

—Calla. No te pongas de parte de mi mujer. Solo unas caladas de cuando en cuando, para quitarme el gusanillo.

Estaba afónico, y aún tenía los ojos febriles.

—Quítate el abrigo. Debe de hacer mucho calor aquí. Mi mujer lo tiene así para que sude. Siéntate.

—¿Quiere tomar algo, señor Maigret? —preguntaba esta.

Era casi una anciana, lo cual sorprendió al comisario. Catroux y él tenían aproximadamente la misma edad. Pensó que su propia mujer tenía un aspecto mucho más joven.

—Claro que sí, Isabelle. No esperes a que responda y saca la botella de calvados.

Hubo entre los dos hombres un silencio embarazoso. Evidentemente, Catroux sabía que su colega de la policía judicial no había ido su casa para interesarse por su salud, y esperaba quizá preguntas más embarazosas que las que Maigret tenía en la cabeza.

—No temas, hombre. No tengo ningunas ganas de ponerte en un aprieto.

El otro, entonces, miró la primera página de los periódicos, como diciendo: «Es a propósito de eso, ¿no?».

Maigret esperó mientras le servían su vaso de calvados.

—¿Y yo? —protestaba su amigo.

—Tú no puedes tomar.

—El doctor no ha dicho nada al respecto.

—Yo no necesito que diga nada al respecto para saberlo.

—¿Solo una gotita, para hacerme la ilusión…?

Ella le sirvió un culín y, como habría hecho la señora Maigret, desapareció discretamente.

—Una idea me da vueltas por la cabeza —confesó Maigret—. Hace un rato, mis inspectores y yo hemos intentado

hacer una lista de las personas que han trabajado con voso-
tros y a las que echaron a la calle.

Catroux seguía mirando el periódico, intentando rela-
cionar lo que Maigret le decía con lo que acababa de leer.

—¿Que los echaron a la calle por qué?

—Por lo que sea. Tú ya me entiendes. Esas cosas también
pasan entre nosotros, pero no tanto porque somos menos.

Catroux sonreía, socarrón.

—¿Eso crees tú?

—Y también, quizá, porque nos ocupamos de menos
asuntos. Por eso la tentación no es tan fuerte. Hace un rato,
aunque nos hemos estrujado los sesos, no se nos han ocurrido más que unos pocos nombres.

—¿Cuáles?

—Baudelin, Falconet, Valencourt, Fischer…

—¿Nada más?

—Más o menos. He preferido venir a verte. No busco a
ninguno de esos. Busco a alguno de los que se fueron de mala
manera.

—¿Como Labat?

¿No era curioso que Catroux pronunciase justo ese nombre? ¿No era posible pensar que lo hacía expresamente para
informar a Maigret como en un descuido?

—Pensé en él. Quizás está metido. Pero no es a él a quien
busco.

—¿Tienes algún nombre en la cabeza?

—Un nombre y una cara. Me han dado una descripción.
Desde el primer momento me ha recordado a alguien. Y luego…

—¿Qué descripción? Iremos más rápido que si te hago

toda una lista. Además de que yo tampoco tengo todos los nombres en la cabeza.

—En primer lugar, la gente lo toma por un policía al primer vistazo.

—Eso se puede aplicar a muchos.

—Mediana edad. Corpulencia un poco más arriba de lo normal. Algo más grueso que yo.

Catroux pareció sopesar la corpulencia de su interlocutor.

—Si no me equivoco, debe de seguir haciendo investigaciones por su cuenta o por la de otras personas.

—¿Una agencia de investigación privada?

—Quizá. No tiene por qué tener su nombre en la puerta de un despacho, ni que poner anuncios en los periódicos.

—Hay varios así, entre ellos algunos antiguos jefes muy honrados que han abierto una agencia después de jubilarse. Louis Canonge, por ejemplo. Y Cadeot, que fue jefe mío.

—Nosotros también tenemos de esos. Me refiero a otra categoría.

—¿No tienes más datos?

—Fuma puros.

Maigret vio enseguida que a su interlocutor se le ocurría un nombre. Tenía el ceño fruncido. Se leía cierta contrariedad en su rostro.

—¿Te dice eso algo?

—Sí.

—¿Quién?

—Un canalla.

—Un canalla es lo que yo busco.

—Es un canalla sin importancia, pero peligroso.

—¿Por qué?

—En primer lugar, esos canallas son siempre peligrosos. Y, además, porque se dice que hace el trabajo sucio de algunos políticos.

—Eso encaja todavía mejor.

—¿Crees que está mezclado en tu historia?

—Si responde a la descripción que te he dado, si fuma puros, si se mueve en los ambientes políticos, hay posibilidades de que sea mi hombre. No te referirás a…

De pronto, a Maigret le vino a la cabeza un rostro, una cara bastante ancha, ojos hinchados, labios gruesos, deformados por una colilla.

—Espera, ya me acuerdo. Es…

Pero el nombre se le escapaba siempre.

—Benoît —murmuró Catroux—. Eugène Benoît. Abrió una oficina de investigación privada en el bulevar Saint-Martin, en un entresuelo, encima de una relojería. Su nombre está en el escaparate. Creo que la puerta pasa más tiempo cerrada que abierta, pues él constituye todo el personal de la agencia.

En efecto, aquel era el hombre del que el comisario intentaba acordarse desde hacía veinticuatro horas,

—Supongo que no debe de ser fácil conseguir una foto suya…

Catroux reflexionó.

—Eso depende de la fecha exacta en la que dejase el cuerpo. Fue… —Calculó a media voz y llamó—: ¡Isabelle! —Esta, que no estaba muy lejos, acudió—. Busca en el estante de abajo de la biblioteca un anuario de la Dirección

General de Seguridad. No hay más que uno, de hace varios años. Tiene doscientas o trescientas fotos.

Su mujer se lo llevó, y él pasó las hojas, señaló con el dedo su propia fotografía y encontró lo que buscaba en las últimas páginas.

—¡Mira! Aquí está. Tiene unos años menos, pero no ha cambiado mucho. En cuanto a la corpulencia, está gordo desde que lo conozco.

Maigret lo reconoció también, pues se había encontrado con él alguna vez.

—¿No te importa que recorte su foto?

—Claro que no. Trae las tijeras, Isabelle.

Maigret deslizó el pedazo de papel satinado en su cartera y se levantó.

—¿Tienes prisa?

—Sí, bastante. Además, creo que tú preferirás que no te hable más de este asunto.

El otro comprendió. En tanto Maigret no conociera exactamente el papel que había desempeñado la Dirección General de Seguridad, era preferible para Catroux que su colega le dijese lo menos posible.

—¿No tienes miedo?

—No mucho.

—¿Crees que Point…?

—Estoy convencido de que se intentan convertirlo en cabeza de turco.

—¿Otro vaso?

—No, gracias. Que te mejores.

La señora Catroux lo acompañó hasta la puerta, y una vez abajo Maigret tomó otro taxi para ir a la calle Vaneau.

Dio esa dirección un poco al azar. Llamó a la portera, la cual lo reconoció.

—Perdone que la moleste de nuevo. Le agradecería que mirase con cuidado esta foto y me dijese si es el hombre que subió a casa de la señorita Blanche. Piénselo.

No fue necesario. Sin dudarlo, negó con la cabeza.

—En absoluto.

—¿Está usted segura?

—Completamente.

—¿Aunque la foto esté hecha hace algunos años y el hombre haya cambiado?

—Aunque llevara barba postiza, le diría que no es él.

Maigret le lanzó una mirada furtiva, pues por un momento se le ocurrió que quizás esa respuesta se la había inspirado alguien. Pero no. Se la notaba sincera.

—Se lo agradezco —murmuró mientras se metía la cartera en el bolsillo.

Era un golpe duro. Había tenido casi la certeza de ir por el buen camino, y al primer intento, todo se venía abajo.

Le esperaba el taxi, y, como estaba muy cerca, hizo que lo llevase a la calle Jacob y entró en el bar donde Piquemal tenía costumbre de desayunar. A esa hora no había casi nadie.

—¿Le importaría echar una ojeada a esta fotografía, jefe?

Maigret apenas se atrevía a mirarlo, de tanto como temía su respuesta.

—Es él. Pero me pareció algo más viejo.

—¿Este es el hombre que abordó a Piquemal y salió de aquí con él?

—Es él.

—¿No tiene usted ninguna duda?

—Ninguna.

—Muchísimas gracias.

—¿No toma nada?

—Ahora no, gracias. Ya volveré.

Ese testimonio lo cambiaba todo. Hasta entonces, Maigret había supuesto que era el mismo individuo el que se había presentado en los diferentes lugares, en casa de la señorita Blanche, en el barecillo de Piquemal, en la pensión Berry, en casa de la viuda del profesor y en el bulevar Pasteur. De pronto, había descubierto que eran por lo menos dos.

La siguiente visita fue a la señora Calame, a la que halló ocupada en leer los periódicos.

—Espero que encuentre usted el informe de mi marido. Ahora me explico por qué se atormentó tanto durante los últimos años. ¡Siempre le he tenido horror a la maldita política!

Lo observaba con desconfianza, diciéndose quizá que Maigret había ido a verla en nombre de esa «maldita política».

—¿Qué quiere usted hoy?

Él le tendió la fotografía.

Ella la examinó con atención y levantó la cabeza, sorprendida.

—¿Tengo que reconocerlo?

—No tiene por qué. Me preguntaba si no es el hombre que la visitó dos o tres días después de que viniera Piquemal.

—No lo he visto nunca.

—¿Ninguna posibilidad de error?

—Ninguna. Puede que sea el mismo tipo de hombre, pero estoy segura de que no es él quien vino aquí.

—Se lo agradezco.

—¿Qué le ha sucedido a Piquemal? ¿Cree usted que lo han matado?

—¿Por qué?

—No sé. Si quieren evitar que el informe de mi marido vea la luz cueste lo que cueste, eliminarán a quienes lo hayan leído.

—No eliminaron a su marido.

La respuesta la desarmó. Le pareció que era su deber defender la memoria de su marido.

—Mi marido no sabía nada de política. Era un erudito. Cumplió con su deber redactando el informe y poniéndolo en manos de quien correspondía.

—Estoy convencido de que cumplió con su deber.

Prefirió marcharse antes que ella le obligara a discutir la cuestión más a fondo. El taxista lo miró, interrogante.

—¿Y ahora?

—A la pensión Berry.

Allí encontró a unos periodistas que intentaban obtener información sobre Piquemal. Se abalanzaron sobre Maigret, pero este negó con la cabeza.

—No tengo nada que deciros, muchachos, se trata solo de una comprobación rutinaria. Os prometo que…

—¿Espera encontrar a Piquemal vivo?

¡Otros que tal!

Los dejó en el corredor mientras le enseñaba la fotografía al dueño.

—¿Qué quiere usted que haga con esto?

—Decirme si es el hombre que vino a hablarle de Piquemal.

—¿Cuál de los dos?

—No mi inspector, el que alquiló una habitación, sino el otro.

—No.

Fue categórico. Así que, por lo que sabía Maigret, Benoît era el individuo que había salido del bar en compañía de Piquemal, pero no había aparecido por ningún otro sitio.

—Se lo agradezco.

Se metió en el coche.

—Arranque y yo le indicaré.

Una vez en camino, ya lejos de los periodistas, dio la dirección del bulevar Pasteur. No se detuvo en la portería, sino que subió directamente al tercer piso. No le contestaron cuando tocó el timbre, así que tuvo que bajar.

—¿No está en casa la señora Gaudry?

—Salió hará una media hora con su hijo.

—¿No sabe cuándo volverá?

—No llevaba puesto el sombrero. Debe de estar comprando en el barrio. No tardará mucho.

Para no esperar en la acera, fue al bar al que había entrado esa mañana y llamó por si acaso a la policía judicial. Contestó Lucas, desde el despacho de los inspectores.

—¿Alguna novedad?

—Dos llamadas telefónicas sobre Piquemal. La primera de un taxista que dice que ayer lo llevó a la Gare du Nord. La otra de una taquillera de un cine que le vendió una entrada ayer por la noche. Voy a verificarlas.

—¿Ha vuelto Lapointe?

—Hace unos minutos. Todavía no ha empezado a escribir a máquina.

—¿Puedes decirle que se ponga?

Una vez al teléfono, le preguntó a Lapointe:

—¿Y bien? ¿Había fotógrafos?

—Allí estaban, jefe, y no dejaban de ametrallarme mientras Mascoulin hablaba.

—¿Dónde te recibió?

—En la Sala de las Columnas. Mejor dicho, en el vestíbulo de la Gare Saint-Lazare. Los porteros se veían obligados a retirar a los curiosos para que pudiésemos respirar.

—¿Estaba con él su secretario?

—No sé. No lo conozco. Nadie me lo presentó.

—¿Es larga?

—Ocupará unas tres páginas mecanografiadas. Los periodistas la tomaron taquigráficamente al mismo tiempo que yo.

Eso significaba que la declaración de Mascoulin aparecería esa misma noche en la última edición de los periódicos.

—Me pidió que se la llevase para firmarla.

—¿Qué le contestaste?

—Que ese no era asunto mío. Que esperaba las órdenes de usted.

—¿Sabes si hay sesión de noche en la Cámara?

—No creo. Oí decir que acabarían hacia las cinco.

—Pasa la declaración a máquina y espera a que yo llegue.

La menuda señora Gaudry no había vuelto. Maigret montó guardia en la acera y la vio llegar con la bolsa de la compra y con el niño saltando a su lado. Ella lo reconoció.

—¿Viene a verme a mí?

—Solo un momento.

—Suba. Había salido a hacer la compra.

—Quizá no merezca la pena subir.

El niño, tirando del brazo de su madre, preguntaba:

—¿Quién es? ¿Por qué quiere hablar contigo?

—No te preocupes. Solo quiere preguntarme una cosa.

—¿Qué cosa?

Maigret había sacado la fotografía del bolsillo.

—¿Lo conoce?

Ella logró desprenderse del niño, se inclinó sobre el papel satinado y dijo de forma espontánea:

—Sí, es él.

De manera que encontraba a Eugène Benoît, el hombre del puro, en dos sitios: en el bulevar Pasteur, donde probablemente había robado el informe Calame, y en el bar de la calle Jacob, donde había abordado a Piquemal, y con el que se lo había visto alejarse en dirección opuesta a la de la Escuela de Caminos.

—¿Lo ha encontrado? —preguntaba la señora Gaudry.

—Todavía no. Pero no creo que tarde mucho.

Paró otro taxi para ir al bulevar Saint-Martin, lamentando no haber cogido un coche de la policía judicial, pues tendría que pelearse debido a la factura con el contable.

El edificio era viejo. La parte inferior de los cristales estaba esmerilada, y en letras negras se leía:

AGENCIA BENOÎT
Vigilancias de todo tipo

A ambos lados del portal, unas placas anunciaban un dentista, un comercio de flores artificiales, una masajista sueca y otras profesiones, algunas bastante raras. La escalera de la izquierda era oscura y estaba sucia. El nombre de Benoît figuraba de nuevo en una placa de metal clavada en una puerta.

Llamó, sabiendo de antemano que no le responderían, pues se veían unos prospectos que habían deslizado por debajo de la puerta.

Después de haber esperado un momento para estar más seguro, bajó y encontró la portería al fondo del patio. No estaba atendida por una mujer, sino por un conserje, que era además grabador.

—¿Hace mucho que no ve al señor Benoît?

—Hoy no le he visto, si es lo que quiere saber.

—¿Y ayer?

—No sé. No creo. No he puesto mucha atención.

—¿Y anteayer?

—Anteayer tampoco.

Como parecía que se estaba burlando de él, Maigret le puso la placa bajo las narices.

—Le he dicho que no lo sé. No hay por qué ofenderse. Los asuntos de los inquilinos no me interesan.

—¿Conoce usted su dirección personal?

—Debe de estar en el libro.

Se levantó de mala gana, fue a buscar en la cocina un registro mugriento y pasó las hojas con sus dedos llenos de pez.

—La última dirección que tengo es de la pensión Beaumarchais, en el bulevar Beaumarchais.

No estaba muy lejos, así que Maigret fue a pie.

—Se mudó hace tres semanas —le anunciaron—. Solo estuvo aquí dos meses.

Esta vez lo enviaron a un establecimiento más mísero en la calle Saint-Denis, ante cuya puerta había una muchacha enorme, que abrió la boca para dirigirle la palabra pero en el último momento debió de reconocerlo y se encogió de hombros.

—Tiene la habitación diecinueve. Ahora no está.

—¿Ha pasado aquí esta noche?

—¡Emma! ¿Has hecho la habitación del señor Benoît esta mañana?

Una cabeza asomó por encima de la baranda del primer piso.

—¿Quién lo pregunta?

—No te preocupes por eso. Responde.

—No. No ha dormido aquí.

—¿Y la noche anterior?

—Tampoco.

Maigret pidió la llave de la habitación, y la muchacha que había contestado desde el primer piso lo siguió hasta el tercero con el pretexto de enseñarle el camino. Las puertas estaban numeradas, de modo que Maigret no la necesitaba. Aun así, le hizo algunas preguntas.

—¿Vive solo?

—¿Quiere usted saber si duerme solo?

—Sí.

—Con bastante frecuencia.

—¿Tiene alguna amiga regular?

—Tiene muchas.

—¿De qué género?

—Del género que acepta venir aquí.

—¿Son siempre las mismas?

—A una la he visto dos o tres veces.

—¿Las busca en la calle?

—Yo no estoy presente cuando las escoge.

—¿Así que hace dos días que no pisa la pensión?

—Dos o tres. No lo sé exactamente.

—¿Recibe alguna vez a hombres?

—Si entiendo bien lo que quiere decir, no es ni su estilo ni el de esta casa. Hay una pensión para ese género de personas más allá, en la misma calle.

La habitación no le aclaró gran cosa. Era la típica habitación de esas pensiones, con su cama de hierro, su cómoda vieja, su sillón medio derrengado y su lavabo con agua corriente, caliente y fría. Los cajones contenían ropa interior, un paquete de cigarrillos empezado, un reloj de pulsera que no iba, anzuelos de diferentes tamaños en una bolsa de celofán, pero ni un solo papel interesante. En una maleta encontró solo zapatos y camisas sucias.

—¿Suele pasar la noche fuera?

—Más de lo normal. Y todos los sábados se marcha al campo hasta el lunes.

Esta vez Maigret pidió que el taxi lo llevase al Quai des Orfèvres, donde Lapointe hacía tiempo que había acabado de mecanografiar la declaración de Mascoulin.

—Llama a la Cámara para saber si están todavía los diputados.

—¿Le digo que quiere usted hablar con él?

—No. No me menciones ni a mí ni la policía judicial.

Cuando se dirigió a Lucas, este le hizo una señal negativa.

—Hubo otra llamada después de las dos primeras. Lo

hemos verificado. Torrence está todavía de camino. Las pistas son falsas.

—¿No era Piquemal?

—No. El taxista estaba muy seguro, pero hemos encontrado a su cliente en el inmueble donde lo recogió.

Habría novedades, sobre todo a la mañana siguiente por carta.

—La sesión de la Cámara terminó hace como media hora —dijo Lapointe—. Se trataba solamente de votar sobre…

—No me interesa lo que hayan votado.

Sabía que Mascoulin vivía en la calle d'Antin, a dos pasos de la Ópera.

—¿Estás haciendo algo?

—Nada importante.

—Entonces vente conmigo, y trae la declaración.

Maigret no conducía nunca. Lo había intentado cuando habían entregado a la policía judicial varios pequeños coches negros, pero le ocurría a menudo que, sumido en sus reflexiones, se olvidaba de que estaba al volante. En dos o tres ocasiones, no se había acordado de los frenos hasta el momento crítico. En vista de ello, no había insistido.

—¿Cogemos el coche?

—Sí.

Era una concesión para hacerse perdonar la factura de todos los taxis de aquella mañana.

—¿Sabe el número de la calle d'Antin?

—No. Pero es el edificio más viejo.

El inmueble era respetable, vetusto, pero en estado excelente. Maigret y su compañero se detuvieron ante la portería, que parecía un pequeño salón burgués y olía a encausto y a terciopelo.

—¿El señor Mascoulin?

—¿Tiene usted cita?

Maigret dijo que sí, por ver qué pasaba. La mujer, vestida de negro, lo miró, después pasó la vista por la primera hoja del periódico y lo miró de nuevo.

—Supongo que debo dejarle subir, señor Maigret. Es el primero izquierda.

—¿Hace mucho que vive aquí?

—Hará once años en diciembre.

—¿Vive su secretario con él?

Ella sonrió.

—Claro que no.

Tuvo la impresión de que le había adivinado el pensamiento.

—¿Trabajan hasta muy avanzada la noche?

—Por lo común sí. Casi siempre. Yo creo que el señor Mascoulin es uno de los hombres más ocupados de París. Aunque solo sea para contestar el correo que recibe aquí y en la Cámara.

Maigret estuvo a punto de enseñarle la fotografía de Benoît y preguntarle si lo había visto alguna vez, pero seguro que luego ella se lo contaría a su inquilino, y Maigret prefería no descubrir sus cartas aún.

—¿Está usted en contacto con el apartamento del diputado por teléfono privado?

—¿Cómo lo sabe?

No era difícil de adivinar, pues, además del aparato ordinario, se veía en la pared un teléfono más pequeño. Mascoulin era prudente. En cuanto Maigret y Lapointe estuvieran en la escalera, ella lo advertiría de su llegada. Eso no lo preocupaba. Podría haberlo impedido dejando a Lapointe en la portería.

No respondieron enseguida cuando Maigret llamó. Un poco más tarde, el propio Mascoulin fue a abrir, sin molestarse en fingir sorpresa.

—Había pensado que vendría usted mismo y que escogería venir aquí. Pase.

Del recibidor en adelante, montones de periódicos se amontonaban en el suelo, revistas, cuentas, debates parlamentarios. Había aún más en una salita que servía de salón y que no era más acogedora que la sala de espera de un dentista.

A Mascoulin, evidentemente, no le interesaban ni el lujo ni la comodidad.

—¿Supongo que desea ver mi despacho?

Había algo de insultante en su ironía, en su forma de adivinar las intenciones de su interlocutor, pero el comisario mantenía la calma.

Se contentó con replicar:

—Yo no soy una admiradora que viene a pedirle un autógrafo.

—Por aquí.

Franquearon una puerta doble acolchada y entraron en un despacho espacioso, con dos ventanas que daban a la calle. Había dos paredes cubiertas de archivadores verdes. En otro lugar se alineaban libros de derecho, de esos que se encuentran en casa de todos los abogados, y, en el suelo, periódicos y tantos expedientes como en un ministerio.

—Le presento a René Falk, mi secretario.

Este no tenía más de veinticinco años; era rubio, delicado, con un rostro malhumorado, extrañamente infantil.

—Encantado —murmuró, mirando a Maigret igual que lo había mirado Blanche la primera vez.

Al igual que ella, debía de idolatrar a su jefe, y consideraba un enemigo a cualquier persona extraña.

—¿Tiene usted el documento? En varias copias, supongo…

—Tres copias, dos que tiene que firmar usted, ya que manifestó su intención de hacerlo, y la tercera para sus archivos, o para usarla como le plazca.

Mascoulin tomó los documentos y le tendió uno a René Falk, que se puso a leerlo al mismo tiempo que él.

Sentado ante su escritorio, cogió una pluma, añadió una coma por aquí y por allá y suprimió alguna palabra, murmurando en dirección a Lapointe:

—Espero que esto no le moleste.

Cuando llegó a la última línea firmó y después pasó las correcciones a la segunda copia, que también firmó.

Maigret tendió la mano, pero Mascoulin no le dio las hojas. Tampoco había pasado las correcciones a la tercera copia.

—¿Correcto? —preguntó a su secretario.

—Creo que sí.

—Pásalas a la máquina.

Le lanzó al comisario una mirada maliciosa.

—Para un hombre que tiene tantos enemigos como yo, todas las precauciones son pocas —dijo—. Sobre todo cuando hay tanta gente interesada en que cierto documento no vea la luz.

Falk empujó una puerta sin cerrarla tras él, detrás de la cual se veía una estancia estrecha, una antigua cocina o cuarto de aseo, donde, sobre una mesa de madera blanca, había un fotostato.

El secretario apretó unos botones. Un ligero zumbido surgía de la máquina, en la que iba introduciendo las hojas una a una, además de otras hojas de un papel especial. Maigret, que conocía el sistema, aunque que rara vez había visto un aparato de esa clase en un domicilio particular, seguía la operación con aparente indiferencia.

—Un invento maravilloso, ¿no cree? —dijo Mascoulin, siempre con una sonrisa maligna—. La gente suele dudar de una copia al carbón. Pero un fotostato no deja lugar a la duda.

Una vaga sonrisa iluminó el rostro de Maigret, lo cual no le pasó desapercibido al diputado.

—¿En qué piensa?

—Me preguntaba si entre las personas que han tenido hace poco el informe Calame en las manos no habrá alguna a la que se le haya ocurrido la idea de fotografiarlo.

Mascoulin le había dejado ver el aparato a propósito. Falk habría podido desaparecer con el documento sin que el comisario supiese qué iba a hacer en la habitación de al lado.

Las hojas salían por una ranura, y el secretario las extendía, aún húmedas, sobre la mesa.

—Sería una buena jugada para aquellos que están tan interesados en silenciar el asunto, ¿no cree? —dijo sonriendo Mascoulin.

Maigret lo miró en silencio, con su mirada más neutra y a la vez más acusadora.

—Una buena jugada, sí —repitió.

Fue imposible adivinar que un escalofrío le recorrió la espalda.

8

El viaje a Seineport

Cuando llegaron al bulevar Saint-Germain eran las seis y media, y el patio del ministerio estaba vacío. Mientras Maigret y Lapointe lo atravesaban en dirección a la escalera de la casa del ministro, una voz tras ellos gritó:

—¡Eh!… ¡Ustedes dos!… ¿Adónde van?

El guarda no los había visto pasar. Se volvieron hacia él y se quedaron quietos en medio del patio, y el guarda fue hasta ellos renqueando, echó una ojeada a la placa que Maigret le tendía y después a su rostro.

—Le pido disculpas. Acabo de ver su fotografía.

—Ha hecho usted bien. Y ya que está aquí, dígame una cosa…

Sacar la foto de su cartera se había convertido en un hábito.

—¿Ha visto usted alguna vez esta cara?

El hombre, ansioso de no cometer otro error, la examinó con atención tras ponerse unas gafas de gruesos cristales con montura de acero. No decía ni sí ni no. Daba la impresión de que antes de decidirse quería preguntar de qué se trataba, pero no se atrevía.

—Es un poco más viejo ahora, ¿no?

—Unos años más.

—¿Tiene un coche de dos plazas, negro, de modelo antiguo?

—Es posible.

—Entonces seguramente sea ese al que yo pillé aparcando en el patio, en el lugar reservado para los coches del ministerio.

—¿Cuándo?

—No recuerdo el día. A principios de semana.

—¿No le dijo su nombre?

—Se encogió de hombros y fue a aparcar el coche al otro extremo del patio.

—¿Subió por la escalera principal?

—Sí.

—Mientras estemos arriba, intente recordar el día.

En la antesala del primer piso, el ujier, todavía en su puesto, estaba leyendo el periódico. Maigret le enseñó también a él la fotografía. Él negó con la cabeza.

—¿Cuándo habría venido? —preguntó el ujier.

—A principios de semana.

—Yo no estaba aquí. Tuve que tomarme cuatro días de permiso por la muerte de mi mujer. Tendrá que preguntar a Joseph. Estará aquí la semana que viene. ¿Le anuncio al señor ministro?

Un momento después, Auguste Point abría él mismo la puerta de su despacho. Parecía fatigado pero tranquilo. Hizo entrar a Maigret y a Lapointe sin hacerles ninguna pregunta. En el despacho se encontraban su secretaria, la señorita Blanche, y su jefe de gabinete. La radio no debía de formar parte aún del mobiliario de los ministerios, pues lo que estas tres personas estaban escuchando con atención cuando el ujier los interrumpió era una pequeña radio portátil, perteneciente sin duda a Point y colocada sobre un velador.

«... la sesión ha sido breve, y ha estado exclusivamente dedicada a asuntos sin importancia, pero los pasillos se han mantenido animados toda la tarde. Corren los rumores más diversos. Se espera el lunes una interpelación extraordinaria, pero aún no se sabe...».

—¡Apáguela! —le dijo Point a su secretaria.

Fleury se dirigió hacia una de las puertas, pero Maigret lo detuvo.

—No está usted de más, señor Fleury. Usted tampoco, señorita.

Point lo seguía con la mirada, inquieto, pues era difícil adivinar para qué había ido allí el comisario. Por otra parte, tenía el aspecto de un hombre que persigue una idea y que está tan obsesionado con ella que se olvida de todo lo demás.

Se habría dicho que estaba trazando mentalmente un plano del despacho. Miraba las paredes, las puertas.

—¿Me permite, señor ministro, que les haga dos o tres preguntas a sus colaboradores?

Primero se dirigió a Fleury.

—Supongo que, durante la visita de Piquemal, se encontraba usted en su despacho.

—Pero yo no sabía que...

—Ya. Pero ahora lo sabe. ¿Dónde estaba usted en ese momento?

Fleury señaló una puerta de dos hojas que se hallaba entreabierta.

—¿Eso es su despacho?

—Sí.

El comisario fue a echar una ojeada.

—¿Estaba usted solo?

—No puedo darle una respuesta. Es raro que permanezca solo durante mucho tiempo. Los visitantes se suceden durante todo el día. El ministro recibe a una parte de ellos, a los más importantes, y yo me encargo de los demás.

Maigret fue a abrir una puerta que comunicaba directamente el despacho de este y la antesala.

—¿Es por aquí por donde pasan?

—Por lo general sí. Salvo cuando el ministro recibe primero a alguien y luego lo lleva a mi despacho por la razón que sea.

Sonó el teléfono. Point y la señorita Blanche se miraron. La secretaria descolgó.

—No. El señor ministro no está…

Escuchaba con la mirada fija. Parecía también vencida por la fatiga.

—¿Lo mismo? —preguntó Point cuando hubo colgado.

La secretaria asintió con un parpadeo.

—Dice que su hijo ha estado…

—¡Cállese!

Se volvió hacia Maigret.

—Desde el mediodía, el teléfono no deja de sonar. Yo mismo lo he cogido alguna vez. Dicen casi todos lo mismo: «Si te empeñas en ocultar el asunto de Clairfond acabaremos contigo». Hay algunas variantes. Algunos son más educados. Otros dicen incluso su nombre, porque son padres de los niños muertos en la catástrofe. Una mujer me gritó con patetismo: «¡No irá usted a proteger a los asesinos! Si no ha destruido el informe, enséñelo, que toda Francia lo sepa…».

Point tenía los ojos entrecerrados y la piel grisácea de quienes no han dormido.

—El presidente de mi comité electoral en La Roche, que es amigo de mi padre y me llegado a ver en pantalón corto, me ha llamado enseguida, casi inmediatamente después de que emitieran por la radio mi declaración. No me acusó, pero sentí que dudaba. «Hijo, aquí no se comprende», me dijo con una voz triste. «Hemos conocido a tus padres y creemos conocerte. Aunque tengas que pringarlos a todos, tienes que decir lo que sepas».

—Va a poder decirlo usted enseguida —dijo Maigret.

Point levantó bruscamente la cabeza, sin estar seguro de haber oído bien, y preguntó incrédulo:

—¿Usted cree?

—Ahora estoy seguro.

Fleury estaba apoyado en una consola al otro extremo del despacho. Maigret le tendió la fotografía de Benoît al ministro, que la miró sin comprender.

—¿Quién es?

—¿No lo conoce?

—Su cara no me suena de nada.

—¿No ha venido a verle estos días?

—Si ha venido a verme, su nombre constará en el registro, en la antesala.

—¿Le importaría enseñarme su despacho, señorita Blanche?

Fleury, de lejos, no había podido ver la fotografía, y Maigret se fijó en que se mordía las uñas, como si tuviera ese hábito desde la infancia.

La puerta del despacho de la secretaria, justo después de la del jefe de gabinete, era de una sola hoja.

—¿Fue aquí donde entró cuando llegó Piquemal y su jefe le pidió que lo dejase solo con él?

Ella asintió con un gesto tenso.

—¿Cerró la puerta?

El mismo asentimiento.

—¿Puede usted oír lo que se dice al otro lado de la puerta?

—Si pego la oreja y si hablan muy fuerte, es posible.

—¿Hizo usted eso?

—No.

—¿No lo hace nunca?

Ella prefirió no responder. ¿Escuchaba quizá cuando Point recibía, por ejemplo, a una mujer que consideraba bonita o peligrosa?

—¿Conoce usted a este hombre?

Ella se lo esperaba, pues había podido echarle un vistazo cuando la vio el ministro.

—Sí.

—¿Dónde lo ha visto?

La mujer hablaba en voz baja, para que los otros no pudiesen oír lo que decía.

—En el despacho de aquí al lado.

Señaló con el dedo el tabique que los separaba del despacho de Fleury.

—¿Cuándo?

—El día de la visita de Piquemal.

—¿Después?

—No, antes.

—¿Estaba sentado o de pie?

—Sentado, con el sombrero puesto y un puro entre los labios. No me gustó la forma en que me miraba.

—¿Volvió a verlo más tarde?

—Sí.

—¿Quiere usted decir que aún estaba aquí cuando salió Piquemal y que, por tanto, permaneció en ese despacho durante el tiempo que duró la visita?

—Creo que sí. Estaba antes y después. ¿Cree usted que…?

Ella quería seguramente hablarle de Fleury, pero Maigret se limitó a decirle.

—¡Chis…! Venga.

Cuando volvieron al despacho grande, Point le echó a Maigret una mirada de reproche, como si estuviera enfadado por haber importunado a su secretaria.

—¿Necesita esta noche a su jefe de gabinete, señor ministro?

—No… ¿Por qué?

—Porque me gustaría charlar con él.

—¿Aquí?

—No, mejor en mi despacho. ¿Le importaría acompañarme, señor Fleury?

—Tengo una cita para cenar, pero si es indispensable…

—Llame para cancelarla.

Eso hizo Fleury. Dejó abierta la puerta de su despacho y llamó a Fouquet's.

—¿Bob?… Soy Fleury… ¿Ha llegado Jacqueline?… ¿Todavía no?… ¿Estás seguro?… Cuando venga, ¿puedes decirle que empiece a cenar sin mí?… Sí… Probablemente no iré a cenar… Más tarde, sí… Hasta luego.

Lapointe lo vigilaba con el rabillo del ojo. Point, desconcertado, miraba a Maigret con evidentes deseos de pedirle explicaciones. Parecía que el comisario no se daba cuenta.

—¿Tiene algo que hacer esta noche, señor ministro?

—Tenía que presidir un banquete, pero me he disculpado yo mismo antes de que me lo pidiesen.

—Puede que le llame para darle noticias, aunque bastante tarde.

—Aunque sea a medianoche…

Fleury había regresado, con su abrigo y su sombrero en la mano y el aire de un hombre que no se tiene en pie más que por la fuerza de la costumbre.

—Venga, por favor. Ven, Lapointe.

Los tres bajaron en silencio la gran escalera y fueron hasta el coche que habían dejado junto a la acera.

—Suba. Al Quai, Lapointe…

No intercambiaron ni una palabra durante el camino. Fleury abrió dos veces la boca, pero no hizo preguntas y no cesó de morderse las uñas.

Maigret le hizo subir ante él por la polvorienta escalera y después entrar el primero en el despacho, y él fue a cerrar la ventana.

—Puede quitarse el abrigo. Póngase cómodo.

Le hizo una seña a Lapointe, que se reunió con él en el pasillo.

—Quédate con él hasta que yo vuelva. Esto va para largo. Puede que tengas para parte de la noche.

Lapointe enrojeció.

—¿Tienes una cita?

—Eso no importa.

—¿Puedes llamar?

—Sí.

—Si ella quiere hacerte compañía…

Lapointe negó con la cabeza.

—Dile en la cervecería que suban bocadillos y café. No pierdas de vista a Fleury. No le dejes llamar a nadie por teléfono. Si te hace preguntas, tú no sabes nada. Mi idea es que se cueza en su jugo, ¿comprendes?

Era el tratamiento clásico. Lapointe, a pesar de haber participado en casi toda la investigación, no veía adónde quería ir a parar su jefe.

—Ve a hacerle compañía. No te olvides de los bocadillos.

Entró en el despacho de los inspectores y encontró a Janvier, que no se había ido todavía.

—¿Tienes algo especial que hacer esta noche?

—No. Mi mujer…

—¿Te espera? ¿Quieres llamarla?

Se sentó a una de las mesas, descolgó otro teléfono y pidió el número de Catroux.

—Soy Maigret. Perdona que te moleste de nuevo… Me he acordado de una cosa gracias a los anzuelos que encontré no sé dónde… Una de las veces que vi a Benoît era un sábado en la Gare de Lyon, y se iba de pesca… ¿Qué dices?… ¿Es un pescador empedernido?… ¿Y sabes tú dónde tiene costumbre de ir a pescar?

Ahora Maigret estaba seguro de sí mismo, sentía que iba por el buen camino y que nada podía detenerlo.

—¿Cómo?… ¿Que tiene una cabaña en alguna parte?…

¿Y no puedes enterarte de dónde?… Sí… Enseguida… Me quedo al aparato…

Janvier estaba aún hablando con su mujer y pedía noticias de cada uno de sus hijos, que iban poniéndose por turno para darle las buenas noches.

—Buenas noches, Pierrot… Que duermas bien… Estaré allí cuando te despiertes… ¿Eres tú, Monique? ¿Ha sido bueno tu hermanito?

Maigret esperaba suspirando. Cuando colgó Janvier, murmuró:

—Es posible que tengamos una noche movida. Lo cual me hace pensar que más vale que llame a mi mujer yo también.

—¿Quiere que pida el número?

—Primero espero una llamada importante.

Catroux estaba telefoneando a un colega, también pescador, que algunas veces había acompañado a Benoît al río.

Ahora era cuestión de suerte. El colega podía no estar en su casa. Podía estar trabajando lejos de París. El despacho permaneció en silencio durante unos diez minutos, y Maigret acabó por suspirar:

—¡Tengo sed!

En ese mismo momento sonó el teléfono.

—¿Catroux?

—Sí. ¿Conoces Seineport?

—¿Pasado Corbeil, cerca de una esclusa?

Maigret recordaba una investigación, en otro tiempo…

—Ahí es. Un pequeño pueblo a la orilla del Sena, frecuentado por pescadores de caña. Benoît tiene una cabaña no lejos del pueblo, una antigua casa de guarda, en mal estado, que compró por nada hará unos diez años.

—La encontraré.

—¡Buena suerte!

No se olvidó de telefonear a su mujer, pero él no tenía niños que acudiesen a darle las buenas noches al otro lado de la línea.

—¿Vienes?

Al pasar junto a su despacho, entreabrió la puerta. Lapointe había encendido la lámpara de pantalla verde y estaba sentado en el sillón de Maigret. Leía un periódico mientras Fleury, en una silla, con las piernas cruzadas, el rostro inmóvil, tenía los ojos medio cerrados.

—Hasta ahora, muchacho.

El jefe de gabinete se sobresaltó y se levantó para hacer una pregunta, pero el comisario ya había cerrado la puerta.

—¿Cogemos un coche?

—Sí. Vamos a Seineport, a unos treinta kilómetros.

—Yo fui allí otra vez con usted…

—Es verdad. ¿Tienes hambre?

—Si vamos a estar mucho tiempo…

—Para antes en la cervecería Dauphine.

El camarero se asombró al verlos entrar.

—¿Ya no hay que subir los bocadillos y la cerveza que ha pedido el señor Lapointe para su despacho?

—Sí. Pero primero sírvenos algo de beber. ¿Qué tomas, Janvier?

—No sé.

—¿Pernod?

A Maigret le apetecía, Janvier lo sabía, y se tomó otro.

—Prepáranos dos buenos bocadillos a cada uno.

—¿De qué?

—De lo que sea. De paté, si hay.

Maigret parecía el hombre más tranquilo del mundo.

—Estamos muy acostumbrados a los casos criminales —murmuró para sí, con el vaso en la mano.

No necesitaba respuesta. Se la dio él mismo mentalmente.

—En un asunto criminal, suele haber un culpable o un grupo de culpables que actúan de común acuerdo. En la política es diferente, y la prueba está en que haya tantos partidos en la Cámara.

Esta idea lo divertía.

—Hay un montón de personas que tienen interés en el informe Calame, por motivos diferentes. La publicación del informe dejaría en mal lugar no solo a los políticos. No solo está Arthur Nicoud, sino también aquellos para quienes la posesión del informe constituiría un capital, y asimismo aquellos para quienes significaría el poder.

Aquella noche había pocos clientes. Habían encendido las lámparas, y reinaba una atmósfera densa, como antes de una tormenta. Se comieron sus bocadillos en la mesa habitual de Maigret, lo que le recordó la mesa de Mascoulin en el Filet de Sole. Los dos tenían su mesa, pero en sitios diferentes y en ambientes aún más diferentes.

—¿Café?

—Sí, por favor.

—¿Una copita?

—No. Tengo que conducir.

Maigret tampoco bebió, y un poco más tarde salían de París por la Porte d'Italie y entraban en la carretera de Fontainebleau.

—Es gracioso pensar que si Benoît fumase en pipa, en lugar de esos puros que apestan, habría sido mucho más difícil encontrar una pista.

Estaban atravesando los arrabales. Después no hubo más que altos árboles a ambos lados, vehículos con los faros encendidos en ambos sentidos. Muchos adelantaban al pequeño coche negro.

—Supongo que no hace falta correr…

—No merece la pena. O están allí, o…

Conocía lo suficiente a los hombres del tipo de Benoît para ponerse en su lugar. Benoît no tenía una gran imaginación. No era más que un pequeño granuja cuyos pequeños chanchullos estaban lejos de hacerlo rico.

Necesitaba mujeres, no importaba cuáles; una vida desordenada en lugares en que pudiera hablar en voz alta y hacerse pasar por un tipo duro, y uno o dos días de pesca con caña al final de semana.

—Creo recordar que existe un café en la plaza de Seineport. Para allí y preguntamos.

Cruzaron el Sena en Corbeil, siguieron una carretera que bordea el río y que al otro lado está limitada por bosques. Cuatro o cinco veces Janvier tuvo que hacer un brusco viraje para esquivar a los conejos, murmurando cada vez:

—Vamos, pequeño idiota…

Una luz aparecía a intervalos en la oscuridad, al fin se vio todo un conjunto de ellas y algunas farolas, y el coche se detuvo ante un café en el que unos hombres jugaban a las cartas.

—¿Entro yo también?

—Si tienes ganas de beber algo.

—Ahora no.

Maigret se bebió un vaso de coñac en la barra.

—¿Conoce usted a Benoît?

—¿Ese que es de la policía?

Al cabo de tantos años, Benoît no había creído necesario anunciar en Seineport que ya no formaba parte de la Dirección General de Seguridad.

—¿Sabe usted dónde vive?

—¿Viene usted de Corbeil?

—Sí.

—Pues ya ha pasado por delante de su casa. ¿No ha visto una cantera a kilómetro y medio de aquí?

—No.

—De noche no se ve. Su casa está justo enfrente, al otro lado de la carretera. Si él está en casa, verá la luz.

—Muchísimas gracias.

—Sí que está —dijo la voz de uno de los jugadores de cartas.

—¿Cómo lo sabe?

—Porque ayer le vendí una pierna de cordero asado.

—¿Toda para él solo?

—Será que le gusta cuidarse.

Unos minutos más tarde, Janvier, mientras conducía despacio, señaló una mancha más clara en el bosque.

—Eso debe de ser la cantera.

Maigret miró al otro lado de la carretera y, a unos cien metros, al borde del río, vio una ventana iluminada.

—Puedes dejar aquí el coche. Ven.

Aunque no había luna, descubrieron un sendero medio oculto por la hierba.

9

La noche del ministerio

Caminaban sin hacer ruido, uno detrás del otro, y desde la casa no los oyeron llegar. Aquella parte de río debía de haber formado parte, en otro tiempo, de una gran propiedad, y la cabaña, en aquella época, sería de uno de los guardas de caza.

Ya nadie mantenía cuidada la propiedad. Una cerca, derribada en varios lugares, rodeaba lo que quizás una vez fuera un huerto. Por la ventana iluminada, Maigret y Janvier veían las vigas del techo, muros blanqueados con cal y una mesa ante la cual dos hombres jugaban a las cartas.

En la oscuridad, Janvier miró a Maigret como para preguntarle lo que iban a hacer.

—Quédate aquí —murmuró el comisario.

Él se dirigió a la puerta. Estaba cerrada con llave, así que llamó.

—¿Quién es? —preguntó una voz desde dentro.

—Abre, Benoît.

Hubo un silencio, ruido de pasos. Por la ventana, Janvier podía ver al expolicía de pie junto a la mesa, dudando acerca de qué decisión tomar, y después empujando a su acompañante a una habitación contigua.

—¿Quién es? —preguntó Benoît acercándose a la puerta.

—Maigret.

De nuevo, silencio. Al fin corrieron el cerrojo y la puerta se abrió. Benoît miraba la silueta de Maigret con gesto huraño.

—¿Qué quiere de mí?

—Hablar un momento. Puedes venir, Janvier.

Las cartas estaban aún sobre la mesa.

—¿Estás solo?

Benoît no respondió enseguida, pues sospechaba que Janvier había estado mirando por la ventana.

—¿Estabas quizás haciendo solitarios?

Janvier dijo, señalando una puerta:

—El otro está ahí, jefe.

—Eso me parecía. Ve a buscarlo.

A Piquemal le habría costado mucho escaparse, pues la puerta daba a una trascocina sin comunicación con el exterior.

—¿Qué quiere de mí? ¿Tiene una orden? —preguntaba Benoît, que se esforzaba por recuperar su sangre fría.

—No.

—En ese caso…

—En ese caso, nada. Siéntate. Usted también, Piquemal. Me parece horrible hablar con la gente de pie.

Jugueteó con algunas cartas.

—¿Le estabas enseñando a jugar a la belote?

Probablemente era verdad. Piquemal era la típica persona que nunca en su vida ha tocado un naipe.

—¿No te sientas a la mesa, Benoît?

—No tengo nada que decir.

—Bueno, en ese caso, hablaré yo.

Sobre la mesa había una botella de vino y un solo vaso. Piquemal, que no jugaba a las cartas, tampoco bebía ni fumaba. ¿Se habría acostado alguna vez con una mujer? Quizá no. Miraba a Maigret con aire feroz, como un animal atrapado en su madriguera.

—¿Hace mucho que trabajas para Mascoulin?

En realidad, Benoît encajaba en ese entorno mejor que en París, quizá porque estaba más en su sitio. Era aún un campesino; debía de haber sido el fuertote del pueblo, y tuvo la desgracia de abandonar el pueblo para probar suerte en París. Sus artimañas y sus chanchullos eran las artimañas y los chanchullos de un campesino en la feria.

Para darse seguridad, se sirvió vino y bromeó:

—¿No le sirvo?

—Gracias. Mascoulin necesita a personas como tú, aunque no sea más que para verificar la información que recibe de todas partes.

—Siga hablando.

—Cuando recibió la carta de Piquemal, comprendió que era la oportunidad más estupenda de su carrera y que, si jugaba bien sus cartas, tenía todas las posibilidades de tener a su merced a una buena parte del personal político.

—Si usted lo dice…

—Sí, lo digo.

Maigret permanecía de pie. Con las manos a la espalda y la pipa entre los dientes, iba y venía de la puerta a la chimenea, deteniéndose a veces ante uno de los hombres, mientras Janvier, sentado en un rincón de la mesa, escuchaba con atención.

—Lo que más me extrañó es que tras entrevistarse con Piquemal y pudiendo conseguir el informe, lo enviase al ministro de Obras Públicas.

Benoît sonrió con aire importante.

—Lo comprendí en cuanto vi en casa de Mascoulin un fotostato. ¿Quieres que enumeremos los sucesos en orden cronológico, Benoît? Siempre puedes interrumpirme si me equivoco. Mascoulin recibe la carta de Piquemal. Como es un hombre prudente, te hace venir y te encarga que investigues. Tú ves que la cosa va en serio, que, efectivamente, ese hombre está lo bastante bien situado como para procurarse el informe Calame. Entonces le dices a Mascoulin que conoces a alguien en Obras Públicas, al jefe de gabinete. ¿Dónde lo conociste?

—Eso no le importa.

—No tiene importancia. Nos está esperando en mi despacho y enseguida resolveremos esos detalles. Fleury es un pobre diablo, siempre anda escaso de dinero. Pero tiene la ventaja de ser admitido en los ambientes políticos, donde a un palurdo como tú le dan con la puerta en las narices. Seguramente, te ha facilitado informes de algunos de sus amigos por unos cuantos billetes.

—Usted, siga, siga.

—Ahora, fíjate bien. Si Mascoulin recibe el informe de manos de Piquemal, está obligado a publicarlo y a desencadenar un escándalo, pues Piquemal es un hombre honrado a su manera, un fanático al que habría que matar para que no hablara. Llevar el informe a la Cámara pondría a Mascoulin en candelero por cierto tiempo. Pero es mucho más interesante guardárselo él y mantener pendientes de un hilo a todos aquellos a los que el informe compromete. Lo he tenido que pensar bien. No soy tan retorcido como para ser capaz de ponerme en su pellejo. Piquemal, por tanto, va a casa de la señora Calame, donde sabe que hay una copia del informe porque la vio en otro tiempo. La mete en su cartera y corre a casa de Mascoulin, en la calle d'Antin. Una vez allí, tú solo tienes que seguirlo, pues sabes cómo van a suceder las cosas, y te encaminas al Ministerio de Obras Públicas, donde Fleury te introduce en su despacho. Con cualquier pretexto, Mascoulin retiene a Piquemal mientras su astuto secretario hace una copia del informe en el fotostato. Con toda las apariencia de un hombre honrado, envía después a su visitante con el documento a quien corresponde, es decir, al ministro. ¿Voy bien?

Piquemal miraba a Maigret con intensidad, replegado sobre sí mismo, presa de una violenta emoción.

—Cuando Piquemal entrega los papeles, tú estás allí, en el despacho de Fleury. Solo te queda enterarte, por este, de dónde y cuándo te puedes hacer más fácilmente con ellos. De modo que, gracias a la honradez de Mascoulin, el informe Calame se pondría a disposición de la opinión pública. Pero, gracias a ti, el ministro en cuestión, Auguste Point, sería incapaz de presentarlo en la Cámara. Habría, pues, un héroe en esta historia: Mascoulin. Y habría un villano, acusado de haber destruido el documento para salvar su dignidad y la de sus colegas comprometidos, un tal Auguste Point, que tiene la desgracia de ser un hombre honrado y de haber rehusado estrechar manos sucias. No está mal, ¿eh?

Benoît se sirvió otro vaso y se puso a beber despacio, mirando a Maigret con aire indeciso. Parecía que jugase a la belote y tratara de decidir con qué carta le interesaba jugar.

—Eso es todo, más o menos. Fleury te dijo que su jefe había llevado el informe Calame al bulevar Pasteur. Tú no te atreviste a entrar de noche, a causa de la portera, pero a la mañana siguiente esperaste a que esta se fuera a hacer la compra. ¿Mascoulin ha quemado el informe?

—Eso no es asunto mío.

—Que lo haya quemado o no, importa poco, porque posee un fotostato. Esto le basta para tener a su merced a cierto número de personas.

Fue un error, como se dio cuenta más tarde Maigret, insistir sobre el poder de Mascoulin. ¿Quizá, de no haberlo hecho, habría tenido Benoît otra actitud? Quizás, pero era un riesgo que había que correr.

—Como estaba previsto, la bomba estalló. Había otras personas buscando el documento por diversas razones, entre ellas un tal Tabard, que fue el primero en recordar el asunto Calame y hacer alusión en su periódico. Conoces a ese canalla de Tabard, ¿verdad? Él no había querido apoderarse del informe por el poder, sino por el dinero. Labat, que trabaja para él, debía rondar alrededor de la señora Calame. ¿Vio salir a Piquemal? No lo sé, y es posible que nunca lo sepamos. Además, no tiene importancia. Puede que Labat enviase a uno de sus hombres a casa de la viuda y después a casa de la secretaria del ministro. Me recordáis a una panda de agitados cangrejos en un cesto. También hay otros que, de manera más oficial, se han preguntado lo que de verdad ocurría y han intentado averiguarlo.

Eso era una alusión a la calle des Saussaies. Era natural que, una vez advertido el presidente del Consejo, los servicios de la Dirección General de Seguridad llevasen a cabo una investigación de manera más o menos discreta.

Al final, todo el asunto se había vuelto cómico. Tres grupos diferentes en busca del informe por razones diferentes.

—El punto débil era Piquemal, pues era difícil saber si hablaría en caso de que lo interrogasen de cierta manera. ¿Fuiste tú quien tuvo la idea de traerlo aquí? ¿O fue Mascoulin? En fin, eso no cambia nada. En todo caso, se trataba de retirarlo algún tiempo de la circulación. No sé cómo lo hiciste, ni qué le contaste. Como ves, a él no le pregunto nada. Hablará cuando quiera, es decir, cuando se dé cuenta de que no ha sido más que un juguete en manos de dos sinvergüenzas, uno grande y otro pequeño.

Piquemal se sobresaltó, pero no dijo nada.

—Ahora ya he terminado. Nos encontramos fuera del departamento del Sena, como sin duda me vas a recordar, y aquí estoy fuera de mi jurisdicción. —Hizo una pausa y después añadió—: Ponle las esposas, Janvier.

El primer movimiento de Benoît fue para resistirse, y era dos veces más fuerte que Janvier. Pero reflexionó y tendió las muñecas, dejando oír en un murmullo:

—Esto les va a costar caro a los dos. Como han notado, yo no he dicho nada.

—No, ni una palabra. Acompáñenos usted también, Piquemal. Aunque esté en libertad, supongo que no tiene intención de quedarse aquí solo.

Fue Maigret quien, una vez fuera, se volvió para apagar la luz.

—¿Tienes la llave? —preguntó—. Es mejor cerrar la puerta, porque va a pasar algún tiempo antes que vengas a pescar.

Se instalaron en el pequeño coche e hicieron el trayecto en silencio.

En el Quai des Orfèvres encontraron, aún sentado en su silla, a Fleury, que se sobresaltó al ver entrar al antiguo inspector de la calle des Saussaies.

—No hace falta que os presente… —murmuró Maigret.

Eran las once y media de la noche. Las oficinas de la policía judicial estaban desiertas, y solo había luz en dos despachos.

—Llama al ministerio.

Lapointe se encargó de ello.

—Le pongo con el comisario Maigret.

—Lamento molestarle, señor ministro. ¿Estaba acostado? ¿Está con su mujer y con su hija?… Hay novedades, sí… Muchas… Mañana podrá revelar a la Cámara el nombre de la persona que le robó el informe Calame en el bulevar Pasteur… Aún no. Tal vez dentro de una hora, quizá dos. Si prefiere esperarme… Le garantizo que no durará toda la noche.

Duró tres horas. Ahora se trataba de un trabajo que Maigret y sus hombres conocían. Se quedaron mucho tiempo todos juntos en el despacho del comisario mientras este hablaba, deteniéndose unas veces delante de uno y otras delante del otro.

—Como queráis, muchachos… Yo dispongo de tiempo. Llévate a uno, Janvier. A este, por ejemplo.

Señalaba a Piquemal, que aún no había abierto la boca.

—Tú, Lapointe, ocúpate del señor Fleury.

Entonces se quedaron dos hombres cara a cara en cada despacho, uno que preguntaba y otro que persistía en callar.

Era una cuestión de resistencia. A veces, Lapointe o Janvier aparecían en el marco de la puerta y le hacían una señal al comisario, que se reunía con ellos en el pasillo. Hablaban en voz baja.

—Tengo como mínimo tres testigos que confirman mi historia —le anunciaba Maigret a Benoît—, entre otros, y es muy importante, un vecino del bulevar Pasteur que te vio entrar en el apartamento del señor Point. ¿Sigues empeñado en no hablar?

Benoît acabó por decir algo que lo retrató por completo.

—¿Qué haría usted en mi lugar?

—Si fuera tan canalla como para estar en tu lugar, denunciaría a mi cómplice.

—No.

—¿Por qué?

—Usted lo sabe muy bien.

¡*Nada contra Mascoulin!* Este, como bien sabía Benoît, aún lograría salir bien parado del asunto, y Dios sabe lo que sería de su cómplice.

—No olvide que quien tiene el informe es él.

—¿Y entonces?

—Entonces nada, que cierro la boca. Me condenarán por haber entrado a robar en el departamento del bulevar Pasteur. ¿Cuánto me caerá por eso?

—Unos dos años.

—En cuanto a Piquemal, me siguió por propia voluntad. No lo amenacé de ninguna manera. Es decir, que no lo secuestré.

Maigret comprendió que no le iba a sacar nada más.

—¿Confiesas que fuiste al bulevar Pasteur?

—Lo confesaré si no tengo otro remedio. Eso es todo.

Unos minutos más tarde, no le quedó otro remedio. Fleury había confesado y Lapointe había ido a comunicárselo a su jefe.

—No sabía nada de Mascoulin. Hasta esta tarde, ignoraba para quién trabajaba Benoît. Le fue imposible negarse a ayudarle a causa de otros asuntos en los que habían colaborado antes.

—¿Has hecho que firme una declaración?

—Estoy en ello.

Si Piquemal era un idealista, era un idealista que se había descarriado. En efecto, seguía sin hablar. ¿Contaba así con obtener algo de Mascoulin?

A las tres y media, Maigret dejó a Janvier y a Lapointe con los tres hombres y fue en taxi al bulevar Saint-Germain, donde había luz en el segundo piso. Point había dado órdenes de que lo condujesen de inmediato a su apartamento.

Maigret encontró a la familia en el pequeño salón donde ya lo habían recibido.

Auguste Point, su mujer y su hija lo miraron con ojos fatigados, que aún no osaban brillar de esperanza.

—¿Tiene el documento?

—No. Pero el hombre que lo robó del bulevar Pasteur está en mi despacho y ha confesado.

—¿Quién es?

—Un antiguo policía descarriado que trabaja por cuenta de unos y de otros.

—¿Para quién trabajaba esta vez?

—Para Mascoulin.

—Entonces… —comenzó a decir Point mientras el rostro se le ensombrecía.

—Mascoulin no dirá nada. Le bastará con presionar a quienes están comprometidos cuando lo necesite. Dejará que condenen a Benoît. En cuanto a Fleury…

—¿Fleury?

Maigret asintió.

—Es un pobre diablo —dijo—. Se encontraba en una posición tal que no se podía negar.

—Te lo dije —intervino la señora Point.

—Lo sé. Pero no podía creerlo.

—Tú no estás hecho para la vida política. Cuando esto haya terminado, espero que…

—Lo más importante —decía Maigret— es establecer que usted no destruyó el informe Calame y que se lo robaron, como dijo.

—¿Y la gente se lo creerá?

—Benoît va a confesar.

—¿Dirá para quién trabajaba?

—No.

—¿Y Fleury tampoco?

—Fleury no lo sabía.

—Así que…

Acababan de quitarle un peso de encima, pero no llegaba a alegrarse.

Desde luego, Maigret había salvado su reputación. Pero, aun así, Point había perdido la partida.

A menos que en el último momento Benoît se decidiese a decir la verdad, lo cual era improbable, el verdadero ganador era Mascoulin.

Este lo sabía tan bien, incluso antes que Maigret llegase al final de su investigación, que le había enseñado a propósito la máquina de sacar copias. Era una advertencia. Significaba una especie de: «¡Aviso a quien pueda interesar!».

Todos aquellos que tenían algo que temer de la publicación del informe, ya se tratase de Arthur Nicoud, aún en Bruselas, de políticos o de quien fuese, sabían que, desde entonces en adelante, Mascoulin no tenía nada más que hacer un gesto para deshonrarlos y arruinar su carrera.

Hubo un largo silencio en el salón, y Maigret no se sintió precisamente muy orgulloso de sí mismo.

—Dentro de unos meses, cuando todo esté olvidado, presentaré mi dimisión y volveré a La Roche-sur-Yon —murmuró Point, mirando fijamente la alfombra.

—¿Lo prometes? —dijo su mujer.

—Lo juro.

Ella por fin consiguió alegrarse sin tapujos, porque para ella su marido contaba más que todo el mundo.

—¿Puedo telefonear a Alain? —preguntó Anne-Marie.

—¿A estas horas?

—¿No crees que merece la pena despertarlo por esto?

—Si tú crees…

Ella tampoco terminaba de darse cuenta.

—¿Quiere beber algo? —murmuró Point, lanzándole una tímida mirada a Maigret.

Sus miradas se cruzaron. Una vez más, el comisario tuvo la impresión de tener en frente a alguien que se le parecía como un hermano. Los dos tenían la misma mirada pesada y triste, la misma espalda encorvada.

El vaso de coñac no era más que un pretexto para sentarse un momento el uno frente al otro. La joven estaba hablando por teléfono:

—Sí… Todo ha terminado… Todavía no se puede hablar de ello… Hay que dejarle a papá la tarea de dar la noticia, en la tribuna…

¿Qué podrían decirse los dos hombres?

—A su salud.

—A la suya, señor ministro.

La señora Point había salido del pequeño salón. Anne-Marie no tardó en reunirse con ella.

—Voy a acostarme —murmuró Maigret, levantándose—. Usted lo necesita aún más que yo.

Point le tendió la mano con torpeza, como si no fuera un gesto trivial sino la expresión de un sentimiento que tenía pudor en expresar.

—Gracias, Maigret.

—He hecho todo lo que he podido…

—Sí…

Fueron hacia la puerta.

—Por cierto, yo también me negué a estrecharle la mano.

Por último, una vez en el descansillo, en el momento de volverle la espalda a su anfitrión, dijo:

—Un día incluso él acabará por fracasar…

« Certes, ils préfèrent que je ne voie pas certaines choses.
Mais ce qu'il ne faut surtout pas, c'est que je leur en raconte d'autres ».

« — Vous direz tout?
— Et vous?
— J'essaierai. Si je n'y parviens pas, je m'en voudrais toute ma vie ».

«Sin duda, prefieren que yo no vea ciertas cosas.
Pero lo que no debe ocurrir, sobre todo, es que les cuente otras».

«—¿Usted lo dirá todo?
—¿Y usted?
—Trataré. Si no lo consigo, me lo reprocharé toda la vida».

PEUPLES QUI ONT FAIM, 1934